新 潮 文 庫

チップス先生、さようなら

ジェイムズ・ヒルトン
白 石　朗 訳

新 潮 社 版

10457

チップス先生、さようなら

序

『チップス先生、さようなら』を書いたのは、一九三三年十一月の霧の深いある一週間のことだった。〝天啓〟という語を軽々しくつかいたくはないが——往々にしてこの語は、作家がのらくらしながら到来を待っている、しかも現実には存在しないなにかをあらわすためにつかわれがちだ——ここでは記録のために申し述べておきたい。『チップス先生、さようなら』ほど短時間ですんなり書きあげられ、そのあと推敲《すいこう》の手間もかからなかった作品は、あとにも先にも一冊もない。

本作はまず、ブリティッシュ・ウィークリー誌の一九三三年十二月のクリスマス号に掲載された。そのあとわたしは衝動のおもむくまま、この作品をアメリカのアトランティック・マンスリー誌に投稿した——この雑誌に作品が掲載されることは、長年わたしが心に秘めていた野望の頂点だったのである。アトランティック誌はこの作品を一九三四年四月号に掲載、同時に単行本化を申し出てくれた。単行本は六月八日に刊行され、イギリスでも四カ月後にホダー&スタウトン社から刊行された。このいきさつを要約すれば、この作品は母国イギリスで執筆されて最初に活字になったのち、アメリカに発見され、そのアメリカでの成功とともにイギリスへと凱旋《がいせん》した、といえるだろう。そしていまこの作品は、ふたたびアメリカにおいて装《よそお》いも新たに出版されることとなった。

この経緯をいささかの自負をまじえてつぶさに述べるとしても、やはりわたしは謙虚になることを忘れないつもりだ。こうした夢物語が現実になる作家がどれほど少ないかを知っているからであり、また作品の美点の多寡《たか》にかかわりなく、ある程度の幸運の要素がそこから抽出されるはずだからだ。しかしながら、このきわめてイギリス的な自作がアメリカで勝ち得た好評については自負をいだいている。この一年、読者との文通をわたしほど楽しんだ作家はまずいないだろう。手紙でいちばん多かった内容はといえば、チップス先生のモデルになっている人物を見つけたという、世界各地のさまざまな場所からの報告だった。そういった読者からの手紙のどれもがまぎれもなく真実を述べているし、教師という偉大な職業へのわが賞賛が全世界の多くの教師諸賢にふさわしいものだったことを示している、とわたしは信じている。

J・H

（ロンドン、ワンステッドにて。一九三五年三月）

I

年をとってくると（といっても、もちろん病身ではない場合だが）、ときにどうしようもないほどの眠気を感じることがあり、そういったときには何時間もが、たとえるなら広大な風景をものうげに横切っていく牛の群れのように過ぎていく。秋の学期が進んで日足がどんどん短くなり、点呼の時間よりも早くガス灯をつけなくてはならないほど暗くなる時節のチップスは、そんな感じになっていた。年老いた船乗りとおなじく、チップスもいまなお昔から体にしみついた尺度で時間をはかっていた。それも当然だった——チップスはいま、学校と道路をはさんで反対側にあるミセス・ウィケットの家に部屋を借りて住んでいる。教師の職をようやく退いたのち、ここに住んでもうかれこれ十年以上。そしてチップスも、部屋を貸している夫人も、グリニッジ標準時ではなくブルックフィールド校の時間にしたがって暮らしていた。

「ミセス・ウィケット」チップスは、いまもなお快活な響きをたっぷりそなえた、裏返りがちな疳高《かんだか》い声でそう呼びかけた。「お手間でなければ、自習時間の前にお茶を一杯いただけますかな？」

年をとってくると、煖炉《だんろ》の前に腰をすえて紅茶を飲みながら、夕食や点呼や自習時間や消灯時間を告げる学校の鐘の音をきいているのも楽しいものだ。最後の鐘が鳴りおわると、時計のねじを巻くのがチップスの習慣だった。そのあと煖炉の前に火の粉よけの金網を立ててガス灯を消し、探偵小説を手にして床につく。といっても、一ページ以上読み進めることはめったにない――たちまち安らかに眠りが訪れるからだ。といっても、目覚めているあいだとは大いに異なる眠りの国に足を踏み入れるというよりも、なにやら謎《なぞ》めいた作用で知覚の力が増大するといったほうがいい。なぜなら、いまでは昼だろうと夜だろうと、チップスはずっと夢を見ているばかりだったからだ。

なるほど、チップスは年をとっていた（といっても、もちろん病身ではない）。それどころか医者のメリヴェイルがいったように、その体には病気ひとつなかった。

「いやはや、ご同輩。あなたはわたし以上に健康ですよ」この医師は二週間に一度の往診でやってくると、シェリー酒をちびちび飲みながらそういった。「あなたは、ふつうの人が恐ろしい病気にかかりがちな年齢をとっくに超えている。つまり、ごくすんなりと天寿をまっとうできる幸せな人たちのひとりですよ。もちろん、あなたが死ぬようなことがあればの話です。まったく、あなたはだれも見たことのないような驚くべきご老人ですな」

それでもチップスが風邪をひいたり、強い東風がうなりをあげて沼沢地《しょうたくち》を吹きすぎていったりすると、メリヴェイル医師は玄関ロビーでミセス・ウィケットをこっそりわきへ呼び寄せて、こうささやいた。

「あの人のようすをよく見ていてください。胸を病むと……心臓に負荷がかかります。いえいえ、これといってわるいところはありません――ただ、なにぶん高齢ですし、最後に命とりになるのは、おおむね〝寄る年波《アノウ・ドミナイ》〟ってやつですから」

〝寄る年波《アノウ・ドミナイ》〟……いやはや、まったくそのとおり。生まれは一八四八年で、よちよち歩きのころ一八五一年にロンドンで開催された万国大博覧会に連れていってもらった――いまではそんな自慢のできる人もめっきり少なくなった。それどころかチップスには、ウェザビー校長時代のブルックフィールド校の記憶もあった。驚くべきことだった。当時でさえウェザビーはすでに老人だった。あのころというのは一八七〇年——普仏《ふふつ》戦争がはじまった年なので覚えやすい。ブルックフィールド校への転任を願いでる前、チップスは一年だけメルベリー校につとめていたが、あの学校は好きになれなかった。それはもう、さんざんな目にあわされたからだ。しかしブルックフィールド校のことは、それこそ最初にひと目見たときから大いに気にいった。いまなお予備面接の日のことは覚えていた——晴れわたった六月のある日、あたりにはかぐわしい花の香りが満ちており、クリケット場のピッチからはバットがボールを打つ〝かーん、こーん〟という快音が響いていた。ちょうどブルックフィールド校のチームとバーンハースト校のチームの試合がおこなわれていて、バーンハースト校の選手のひとり——小柄で丸ぽちゃな体の少年——が見事に百点《センチュリー》をあげたところだった。そんなことがあざやかに記憶に焼きついているのも、考えれば妙な話だ。ウェザビー校長は父親らしさをたたえた人物で、じつに折り目正しかった。ただし、気の毒にも当時すでに病魔にむしばまれていたにちがいない。チップスが秋の一学期から働きはじめる前の夏休みのあいだに、世を去った。それはそれとして、ふたりが顔をあわせて言葉をかわしたのはまぎれもない事実だった。

　ミセス・ウィケットの家の煖炉の前に腰をすえて、チップスはよくこんなふうに思った——老ウェザビーのことをいまなお鮮やかに覚えているのは、この広い世界でも自分ひとりになったのではあるまいか、と……鮮やかに覚えているのも道理だ。あのひと幕のこと、ウェザビーの書斎に斜めに射《さ》し入る日の光が埃《ほこり》を浮かびあがらせていたあの夏の日のことは、いまでも頻繁によみがえってくる記憶のひとこまだったからだ。

「きみは若者だ、ミスター・チッピング。そしてブルックフィールド校は、人にたとえれば老人だよ。若者と老人が力をあわせればいい結果につながることも珍しくない。きみの熱意をブルックフィールド校に与えたまえ。ブルックフィールドはそのお返しとして、きみになにかをもたらす。それから、むざむざと生徒にいたずらを仕掛けられるようなことは禁物だぞ。察するところ——ええと——メルベリー校では生徒に規律を守らせることがかならずしも得意ではなかったようだが」

「ええ、たしかに。得意ではなかったかもしれません」

「過ぎたことはくよくよするな。きみには若さという武器がある。そもそも、これはもっぱら経験の問題だ。きみはこの学校で新しいチャンスを与えられる。最初から断固たる姿勢を示しつづけること――それが秘訣《ひけつ》だ」

その言葉は正しかったのだろう。自習時間の監督をしたときの初めての大いなる試練のひとときは、いまも記憶に残っていた。半世紀以上もの昔の九月の夕暮れどき。チップスという格好の獲物に隙《すき》あらば飛びかかろうとしている、いたずら盛りの野蛮人たちでいっぱいの大講堂。血色のいい顔、ハイカラーを着けて頬ひげを生やした（これは、いま思うと奇妙な当時の流行だ）若きチップスは、いましも礼儀作法も心得ない五百人の悪童どものなすがまま、されるがまま――彼ら生徒たちにとって新任教師をからかうことは洗練された芸術であり、胸のときめくスポーツであり、ある種の伝統でもある。ひとりひとりはまっとうな心根の少年だが、集団になるとひたすら無慈悲で情け容赦がなくなるのだ。チップスが教壇の机の前という定位置に立つと、即座に静まりかえった大講堂。内心びくびくしているのを隠そうとして顔に貼《は》りつけた渋面。背後で〝かちこち〟という音をたてて秒を刻んでいた大きな掛け時計。そしてインクとニスの香り。ステンドグラスの窓から斜めに射しいって厚板のように見えていた、血のように赤い夕陽の光。だれかがわざと音をたてて、机のふたを閉めた。ここはいちはやく生徒たちの出鼻をくじく必要がある――無礼は決して許さないという姿勢を見せなくては。

「五列めのきみ――そう、赤毛のきみだ。名前は？」

「コリーです」

「よろしい、コリー。きみにはいまの罰として百行清書を命じる」

それっきり、面倒なことが起こったためしはない。チップスは初戦で見事に勝利をおさめた。

それから何年もたって、このときのコリーがロンドン市の参事会員や准男爵《じゅんだんしゃく》をはじめとする多くの肩書をそなえるようになってから、息子（父ゆずりの赤毛だった）をブルックフィールド校へよこした。チップスはその生徒にこういった。

「コリー、きみのお父さんはね、わたしが二十五年前にこの学校へ来て最初に罰を与えた生徒だったのだよ。罰を与えられて当然のことをしたんだ。そして今度はきみが、罰を与えられて当然のことをしたね」

みんながどれだけ笑ったことだろうか。毎週日曜に息子が自宅へ宛《あ》てた手紙のひとつでこの一件を知らされたサー・リチャードも、これには大笑いしていた！

それから何年もたち、また何年もたったころ。これ以上に傑作な冗談が現実のものになった。またしてもコリーが入学してきたのだ——最初のコリーの息子であるコリーのそのまた息子。チップスは——そのころにはすっかり癖になっていた〝ううむ〟という意味のない鼻声をおりおりにさしはさみつつ——こういった。

「コリー、きみはその——ううむ——すばらしき実例だね——なんの実例かといえば——ううむ——そう、遺伝によって受け継がれる伝統の実例だよ。お祖父《じい》さんのことは覚えているよ——ううむ——ラテン語の絶対奪格が最後までわからずじまいだった。そう、お祖父さんは鈍才だった。お父上もおなじだ——ううむ——ああ、覚えているとも——いつも壁ぎわのいちばん遠い机にすわっていてね——なに、おつむの出来はお祖父さんと五十歩百歩だった。しかしね、断言していい——コリーくん——なかでもいちばんの鈍才は——ううむ——ほかでもない、きみだ！」

教室は爆笑の渦につつまれた。

そして、こんなふうに年をとることもまた最高の冗談だ——とはいえ、ある意味では悲しい冗談でもある。秋の風が窓ガラスをかたかたと揺らすなか、煖炉のそばにすわっていると、愉快な気持ちと悲しい気持ちがしじゅう交互に押し寄せ、やがてチップスの目から涙がこぼれはじめた。そんなこんなで、頼まれた紅茶のカップをもってやってきたミセス・ウィケットには、チップスがはたして笑っているのか泣いているのかもわからなかった。しかし、当のチップスにもわからなかったのである。

2

楡《にれ》の老木がつくる塁壁《るいへき》の裏側に一本の道があり、道の向かいにあるのがブルックフィールド校だった。石壁はいま蔦《つた》という秋の外套《がいとう》をまとって、すっかりあずき色に変わっていた。十八世紀につくられた建物群が四角い中庭をとりかこみ、その先には広々とした運動場が広がって、さらにそれより先には学校に付随する小規模な村落があり、ひらけた沼沢地があった。ウェザビーがいったとおり、ブルックフィールドは由緒《ゆいしょ》ある学校だった。エリザベス一世の時代にグラマースクールとして創立されたのである。幸運の追い風があれば、ハーロウ校なみに有名になっていたかもしれないが、あいにく追い風には恵まれなかった。それ以来、学校は盛衰をくりかえした――廃校に追いこまれそうなほど衰微した時代もあれば、有名校の仲間入りまであと一歩のところまで隆盛した時代もある。学校の本館が建てなおされ、付随する多くの建物が増築されたのはそういった後者の時代、ジョージ一世の時代だった。そののちナポレオン戦争後からヴィクトリア朝中葉まで、ブルックフィールド校は生徒数でも評判でも下降の一途をたどっていた。そして一八四〇年に校長として着任したウェザビーは、学校の名声を多少はもちなおさせた。しかしその後からいまにいたるも、一流校の仲間入りを果たしたことはない。とはいえ、二流校のなかでは立派な学校だった。いくつかの名家が学校を後援していた。その時代の歴史をつくるような人物もそれなりに輩出した――裁判官、議員、植民地行政官、さらには数名の貴族や主教などだ。そうはいっても卒業生の大半は実業家や製造業者、法律や医学などの分野の専門職になり、またかなりの数の大地主や教区主任司祭もまじっていた。つまりブルックフィールド校は、たまさか校名を口にする者がいれば、いっぱしの紳士を気どった者が〝そういえば、どこかで耳にした覚えがある学校だ〟と打ち明けるたぐいの学校だったのである。

しかし、そういった種類の学校でなかったら、そもそも最初からチップスを教師として採用したはずもなかった。チップスは――社会的な地位でも、学問の世界での地位でも――それなりに一目置かれはするが、決して傑出した逸材ではなかったからであり、ブルックフィールド校にもおなじことがいえたからだ。

最初のうち、チップスがこのあたりの機微を理解するまでにはいささか時間がかかった。といっても、思いあがっていたとか自分を過大に評価していたというのではない。当時まだ二十代のはじめだったチップスは、同年代の青年の例に洩《も》れずに野心をいだいていた、ということにつきる。当時の夢は真の一流校で校長の座にのぼりつめること、それが無理でもせめて教頭にまでは出世したいというものだった。ただし、挑戦しては失敗することがくりかえされるうち、自分には必要な資格が不足しているという事実がしだいにわかってきた。たとえば取得した学位はそれほどたいしたものではなかったし、教師としての手腕は充分に及第点で、そのうえ日々向上していたとはいえ、どんな場面でも有能だとまではいえなかった。資産があるわけでも、有力者に伝手《つて》があるわけでもなかった。ブルックフィールド校へやってきてから十年たった一八八〇年ごろには、栄転でほかの学校へ移れる見込みがほとんどないこともわかってきたが、やはりそのころには、いまの学校にとどまりつづけるという道筋が頭の片隅にすんなりなじんでもきた。四十歳になったときには、ブルックフィールド校にしっかりと根をおろし、しかもそのことを幸せに感じていた。五十歳になると、教師のなかでも最古参になっていた。六十歳を迎えたころには、新任の若々しい校長のもとで、チップスはブルックフィールド校そのものになっていた——同窓会の晩餐会《ばんさんかい》では主賓となり、ブルックフィールド校の歴史と伝統にかかわる問題いっさいについての控訴院《こうそいん》の役割も果たしていた。一九一三年に六十五歳になったのを機にチップスは引退し、小切手と書き物机と時計を贈られ、学校とは道をはさんで反対側にあるミセス・ウィケットの家へ引っ越した。人なみの教師生活の人なみの幕切れ。生徒をまじえた騒々しい学期末の晩餐会のしめくくりは、チップスをたたえる万歳三唱だった。

万歳三唱、そう、そのとおり。しかし、これでおわりではなかった。だれも予想しなかったエピローグ、つまり戦禍という悲劇の観客の前でアンコールが演じられたのだ。

3

ミセス・ウィケットがチップスに貸したのは、手狭とはいえ居心地がよく、日当たりのいい部屋だった。家そのものは醜悪で仰々しい外観だったが、それは問題にならなかった。ともかく地の利がいい――いちばん大事なのはその点だった。というのも天気さえ快適ならば午後には運動場を散歩してまわり、試合をながめるのが好きだったからだ。生徒たちが帽子のつばに手をそえて挨拶《あいさつ》してくれば、笑みを返して二、三の言葉をかわすのも好きだった。また毎年の新入生の顔と名前を残らず覚え、一学期のあいだに彼らを紅茶でもてなすことを決して忘れないようにしていた。そのさいには決まって村の菓子店の〈レッダウェイズ〉にピンクの糖衣のかかった胡桃《くるみ》のケーキを注文し、冬場はさらにクランペットがくわわった――たっぷりバターを塗ってから小さく山盛りにして煖炉の前へ置くと、いちばん下のクランペットが、溶けて浅く広がったバターにすっかりひたった。招かれた生徒たちは、チップスが紅茶を淹《い》れるようすを見ておもしろがっていた——いくつもの容器から慎重にスプーンで茶葉をすくって混ぜあわせていたからだ。そのあとチップスは新入生たちに家はどこか、ブルックフィールド校の出身者が身内にいるのか、とたずねた。そのあいだも皿が空になる者がいないように目をくばり、きっかり五時になると——この紅茶の会がはじまって一時間たつと——掛け時計を見あげてこういうのがつねだった。

「さてと——うぅむ——とても楽しかったよ——うぅむ——こうしてきみたちと会えたのがね——ただ心苦しいのだけれど——うぅむ——そろそろお引きとりを願わなくては……」

それから玄関ポーチでひとりひとりと笑顔で握手をする。生徒たちは道を走って横切って学校へと引き返しながら、口々に感想を述べあった。

「いっしょにいて楽しいおじいさんだね。淹れてくれたお茶もおいしかったしさ。それに、ほら、帰ってほしいとなればはっきりそう伝えてくれるところも……」

チップスのほうも、感想を口にするのがならいだった——紅茶の会のあと片づけのために部屋へはいってきたミセス・ウィケット相手に話をするのだ。

「じつにその――うぅむ――心楽しいひとときでしたよ――ミセス・ウィケット。ブランクサムという男の子が話してくれましたが――うぅむ――コリングウッド少佐が叔父にあたるのだそうで――コリングウッドがうちに入学したのは、たしか――うぅむ――一九〇二年です。ああ、そうです、そうですとも、あのコリングウッドなら忘れようにも忘れられない。いっぺんは体育館の屋根によじのぼったものだから、鞭《むち》で仕置をしてやった――たしか、雨樋《あまどい》にはまったボールをとろうとしてたんですよ。まったく、あの愚か者ときたら――うぅむ――落ちていたら首の骨を折っていたところだ。あの生徒を覚えてますかな、ミセス・ウィケット？　あなたが働いていたころの生徒のはずですよ」

ミセス・ウィケットは――金を貯《た》めて辞める前は――学校の洗濯室を切りまわしていたことがあった。

「ええ、ええ、知ってますとも。ひとことでいってしまえば、生意気な生徒に思えましたね。といっても、あの子と口喧嘩《くちげんか》をしたとか、そういうんじゃありません。ただ、生意気そうな子だなってだけで。ま、悪気はなかったんでしょうね。あの手の子はみんな、悪気なんてないんですよ。そういえば、たしかあの子は勲章をもらったんじゃありませんか？」

「そのとおり。殊勲章をね」

「さて、ほかになにかご用はありますか、先生？」

「いまはなにもありません――うぅむ――礼拝の時間までは。たしかコリングウッドは――エジプトで戦死したのではなかったかな……ああ、そうだった――うぅむ――ではその時間になったら、夕食を運んでもらえますかな」

「かしこまりました」

ミセス・ウィケットの家での暮らしは平穏で楽しいものだった。いまのチップスにはなんの心配もなかった。年金は充分だったし、ささやかながら貯《たくわ》えもあった。欲しいものがあれば、なに不自由なく買えた。部屋の飾りつけは簡素で、学校の教師らしい趣味でつらぬかれていた。数棹《さお》の本棚とスポーツ関係のトロフィー。炉棚の上には、スポーツ関係のイベントの案内状や、少年や大人のサインが書きこまれた写真がいっぱいに置いてある。つかいふるしたトルコ絨緞《じゅうたん》。大きな安楽椅子《いす》。壁にはギリシアのアクロポリスや古代ローマの公共広場を描いた絵がかかっていた。

学校の寄宿舎にあった教員用の部屋に置かれていたもののほぼすべてが、この部屋に移されていた。書棚にならんでいたのは、大半が古典関係の書籍だった――チップスの専門が古典だったからだ。しかし、歴史や文学作品の本もいろどりを添えていた。さらに書棚のいちばん下の段には、チップスが楽しみのために読む安手の造本の探偵小説が詰めこんであった。ときにはウェルギリウスやクセノフォンの書物を手にとってしばし読むこともないではなかったが、ほどなくしてソーンダイク博士やフレンチ警部の活躍する探偵小説にもどった。長年にわたって献身的に古典を生徒に教えてはきたが、チップス自身は学識ゆたかな古典学者ではなかった――それどころか、ラテン語やギリシア語を、かつて生きた人間が話していた生きた言語というよりも、むしろイギリスの紳士たる者いくつかの引用句を心得ておくべき死んだ言語だと考えていたくらいだ。だからタイムズ紙の論説記事を読んでいて、たまさか知っている名文句が引用してあったりすると喜ばしい気持ちにさせられた。そういったことを理解できる人々、いまは減っていくばかりの人々の一員であることで、権威ある秘密結社にでも所属しているように感じていた。この気持ちはまた、チップスにとっては、古典の素養を身につけることで得られる大きな恩恵の筆頭に思えていた。

　そんなふうにしてチップスは、読書とおしゃべりと回想を静かに楽しみながらミセス・ウィケットの家で暮らしていた。年老いた男、すっかり白くなった髪は多少薄くなったが、それでも年を考えれば体はまだまだ矍鑠《かくしゃく》たるもの。紅茶を飲み、客人を迎え、ブルックフィールド校友会の名簿の新版をつくるための校正で忙しく、蜘蛛《くも》の巣を思わせるほど線が細く、それでいてはっきりとした読みやすい文字で、おりにふれ手紙をしたためもした。また新入生だけではなく、新任の教師も紅茶の席に招いた。その年の秋の新学期には、ふたりの教師に紅茶をふるまった。その場を辞去しての帰り道、ひとりがこんなことをいった。「なかなか変わり者の老人だと思わないか？　まったく、お茶を淹れるときの凝りっぷりといったら——ずっと独身をつらぬいてきた者の典型といってもいいんじゃないか」

　いぶかしく思われるかもしれないが、この見立てはあいにくまちがっていた。チップスは独身をつらぬいてきたわけではなかった。結婚していたこともあった——そうはいってもずいぶん昔の話で、いまのブルックフィールド校にはチップスの妻を覚えている教職員はひとりもいなかった。

4

煖炉のぬくもりと紅茶のすばらしい香りにかきたてられてチップスのもとを訪れてくるのは、わかちがたいほどもつれあった往時の一千もの思い出の数々だった。あれは春――一八九六年の春。チップスは四十八歳――生活の習慣もすっかり定着し、いまの日々がこのままこの先もつづくのだろうと思われはじめる年齢だった。少し前には寮の舎監に任ぜられ、その仕事や古典の授業で忙しく活発な日々を送っていた。その年の夏休み、チップスは同僚のラウデンとともに、イングランド北西部の湖水地方へ旅をした。一週間は野山の散策や登山を楽しんだが、ラウデンが家族の問題で急遽《きゅうきょ》休暇を切りあげなくてはならなくなった。チップスはウォズデイル・ヘッドという山里にひとり残り、農家に寝泊まりさせてもらった。

そしてある日、グレートゲイブル山にのぼったとき、いかにも危険そうな岩棚の上でがむしゃらに手をふっている女の姿が目にとまった。てっきり山で困ったことになったのだろうと思い、チップスは女のもとへと急いだ。しかし途中で足をすべらせて、足首を捻挫《ねんざ》してしまった。あとでわかったことだが、女は特段に困っていたのではなく、山のずっと下に登山者仲間を見かけて合図に手をふっていただけだった。チップスも登山は得意なほうだったが、この女はそれ以上の熟練の登山者だった。そんなこんなで、チップスは救出者になるつもりが、逆に救出されることになったのだが、どちらの役まわりもさして楽しいものではなかった。ひとつには――たずねられたらチップスはそう答えただろう――女性に興味がなかったからだ。女性のそばではいつも落ち着かない気分になった。そればかりか、最近話題になりはじめた一八九〇年代の〝新しい女〟とかいう面妖《めんよう》な一派には恐怖しか感じなかった。チップスはもの静かで、旧習を守る人間だった。ブルックフィールド校という静かな安息の地からのぞき見ていると、外の世界はおぞましく新奇なもので満ちあふれたところとしか思えなかった。たとえばバーナード・ショウという男は、これ以上ないほど珍妙で、しかも非難されるべき意見を公然ととなえていた。イプセンは物議をかもすような芝居を発表していた。さらに昨今では自転車が大流行し、男ばかりか女までもが夢中になっているありさまだった。現代社会に登場した新しいものや自由は、チップスにとって首肯しがたいものだった。漠然とした考えだったが、もし整理するとしたら、チップスにとってまっとうな女性とは、かよわく控え、こまやかな心配りのできる女性のことであり、まっとうな男とは礼儀正しく、しかし節度ある騎士道精神をもってそういった女性に接することのできる男のことだった。そんな考えのもちぬしだったので、よもやグレートゲイブル山で女性と出会うとは思いもしていなかった。しかし一見したところ男性の助力が必要に思えたにもかかわらず、立場が逆転して女性に助けられたとなると、身の置きどころのない心持ちにさせられた。そう、チップスはその女性に助けられた。女性とその友人に。チップスはろくに歩けない状態だった。そんなチップスをふもとのウォズデイル・ヘッドの山里にまで運びおろすのは、かなりの難事だった。

女性はキャサリン・ブリッジズといい、年齢は二十五歳——チップスの娘といってもも通る若さだった。青く輝く瞳《ひとみ》、そばかすの散った頬、そしてつややかな麦わら色の髪。キャサリンは女友だちと休暇でここを訪れ、おなじ山里の農家に滞在していた。チップスの事故の責任が自分にあると思っていたせいだろう、キャサリンは自転車で湖畔の道を走り、いつも真面目《まじめ》くさった顔をしたもの静かな中年男が養生のために横になっている家へと通ってくるようになった。

最初のうち、キャサリンはチップスをそんなふうに思っていた。チップスのほうは、キャサリンが自転車に乗り、農家の居間で男とふたりきりになることにも躊躇《ちゅうちょ》していないさまを見て、いったいこの世界はどんなところになってしまうのか、と思っていた。とはいえ捻挫のせいでキャサリンの介助がなければどうにもならず、自分がそういった介助をどれほど必要としているかを痛感するまでに時間はかからなかった。キャサリンは以前、住みこみの家庭教師として働き、いまは仕事がなかったが、多少の貯えをつくってもいた。イプセンの本を読み、この劇作家に心酔していた。大学は女性の入学を認めるべきだとの信念をいだいてもいた。そればかりか、女性も投票権をもつべきだとまで考えていた。政治の面では急進派で、バーナード・ショウやウィリアム・モリスといった人々と似通った考え方のもちぬし。その夏、ウォズデイル・ヘッドの山里で過ごす午後ともなると、キャサリンはそうした考えや意見をチップスの前でたっぷりと披露した。チップスはもとより人前で意見をはっきり口に出すタイプではなく、最初のうちはいちいち反論するまでもないと思っていた。友人は去ったが、キャサリンは残った。こういう人間を相手にいったいなにができるのだろう、とチップスは思った。このころは杖《つえ》を頼りにして、小さな教会に通じている遊歩道をよろよろと歩くのが習慣になっていた。教会の壁ぎわに台座のような石があり、そこに腰をおろして日ざしとグレートゲイブル山にむかいあい、このとても美しい――そう、この点はチップスも認めざるをえなかった――女性のおしゃべりに耳をかたむけていると、心がなごむものを感じた。

　キャサリンのような人物に出会ったのは初めてだった。これまではずっと当世風の女性、いわゆる〝新しい女〟には反撥《はんぱつ》を感じるだろうとばかり思っていた。そうした女が現実に目の前にあらわれたいま、チップスは前後の車輪の大きさがおなじ安全自転車で湖畔の道を走ってくるキャサリンの姿を目にとめることを、いつしか楽しみに待つようになっていた。キャサリンのほうも、チップスのような人物に会ったのは初めてだった。これまではずっと、タイムズ紙を愛読して現代的なものをひとしなみに敬遠している中年男などはおそろしく退屈な人種にちがいない、と思いこんでいた。そうした男が現実に目の前にあらわれたいま、キャサリンは同年代の男には感じなかったほどの興味と関心をかきたてられていた。キャサリンがチップスを好きになったのは、チップスが容易に打ちとけない人物だからだ。折り目正しく、もの静かな人物だったことも理由だった。考え方こそ、どうしようもないほど古くさい一八七〇年代や八〇年代、さらにはそれ以前の時代に根ざしたものだったが、それでいて嘘《うそ》いつわりのいっさいない性格だったからだ。そしてまた――そう、鳶色《とびいろ》の瞳をもっていて、微笑《ほほえ》んだ顔がとてもチャーミングだったことも理由だった。

「そういうことなら、わたしもあなたのことをチップスと呼ばなくちゃね」学校での綽名《あだな》がチップスだという話をきくと、キャサリンはそういった。

初対面から一週間もしないうちに、ふたりは熱烈な恋に落ちていた。チップスが杖なしでも歩けるようになるよりも先に、ふたりはもう自分たちが婚約しているものと考えていた。そして秋の新学期がはじまる一週間前、ふたりはロンドンで結婚した。

5

ミセス・ウィケットの家で何時間も夢うつつのまま過ごし、昔の日々のあれこれを思い出しているとき、チップスはいつも自分の足に目を落としたまま、あのすばらしい企てを成功させたのははたしてふたりのどちらだったのか、と思わずにいられなかった。節目となった数多くの出来事のきっかけは、いずれもささやかなものだったが、これはまた詳細な部分がいつしか思い出せなくなっているたぐいのことでもあった。それでもグレートゲイブル山の堂々たる山容や（湖水地方はその後二度とおとずれなかった）、岩場だらけのスクリーズ山のふもとにあるワストウォーター湖の深みをたたえた銀鼠色《ぎんねずいろ》の湖面は、いまも瞼《まぶた》の裏に見えてきた。激しい雨があがったあとのすがすがしい空気の香りはいまも感じとれたし、スタイヘッド峠をこえてつづいている細い山道をたどって歩くこともできた。そういった思い出はいまもなお鮮やかに残っていた——靄《もや》につつまれたような幸せの日々、夕暮れの湖畔をそぞろ歩いたこと、キャサリンの涼やかな話し声と陽気な笑い声。思えばキャサリンはいつも楽しそうにしていた。

ふたりのどちらもが、ともに歩む将来の設計に熱心に取り組んだ。しかしチップスは将来の生活設計についてはより真剣だったし、わずかながら及び腰になっている部分もあった。むろん、キャサリンがブルックフィールド校に来ることにはなんの問題もない——結婚している舎監はほかにもいる。またキャサリン自身も、自分は少年たちが好きだし、彼らとの生活を楽しめるはずだ、と話していた。

「ねえ、チップス。あなたが先生でほんとによかったと思ってるの。だって前は、あなたが法廷弁護士か株式仲買人か歯医者さん、そうでなかったらマンチェスターに大きな綿布会社をもっている人かと思ってたんだもの。最初に会ったときにはそう思ってたってこと。でも学校の先生というのは、ほかのどんな職業ともちがっているし、なにより大事な仕事だと思わない？　だって、これからどんどん成長して世の中で重きをなすような少年たちを教え育てるんですもの……」

チップスは、自分は教師の仕事をそんなふうに考えたことはなかった——少なくとも、いつもそう考えていたわけではない、と打ち明けた。教師の仕事には全力をそそいでいた。どんな仕事をしているどんな人でも、全力をつくすことしかできない。

「ええ、本当にそのとおりよ、チップス。わたし、あなたのそういうてらいのない話し方が大好き」

そしてある朝のこと――これもまた、目をむければ宝石のようにくっきりと澄みわたって思い出せるひとこま――理由はわからないながら、チップスは唐突に、自分と自分がこれまでに成し遂げたことのすべてを卑下したい気分に駆られた。そこでキャサリンに、自分はどうということのない学位をひとつもっているだけで、生徒に規律を守らせることにもときおり手を焼く始末だし、どう考えてもこの先の昇進が見こめないと打ち明け、そんな自分には若く野心をもっている若い女と結婚するための資格がまるっきり欠けている、と話した。チップスがすっかり話しおえると、キャサリンは声をあげて笑って答えに代えた。

両親がすでに他界していたので、キャサリンはロンドン西部のイーリングに住む伯母の家から嫁ぐかたちをとった。結婚式前夜、チップスがその伯母の家を辞去してホテルへ帰ろうとすると、キャサリンはわざと重々しい口調でこういった。

「わたしたちがこうやって〝さようなら〟をいいあうのも――ええ、これが最後ね。なんだか、あなたのもとで新学期を迎える新入生になったみたいな気分。でも、勘ちがいしないで――決して怖がっているわけではないのよ。ええ――いまばかりは、あなたに心からの敬意を表したい気持ち。〝あなたさま〟と呼べばいい？　それとも――〝チップス先生〟って呼んだほうがしっくりくる？　そうね、〝チップス先生〟がいいと思う。今夜はこれで、さようなら。チップス先生、さようなら」

（通りを走っていく二輪馬車の〝ぱかっ、ぱかっ〟という蹄《ひづめ》の音、雨に濡《ぬ》れた歩道にちらちらと照り映えるガス灯の青緑の明かり、南アフリカがどうこうと叫ぶ新聞売りの少年の声……ベイカー街のシャーロック・ホームズそのまま）

「チップス先生、さようなら……」

6

それにつづく日々はあまりにも幸せに満ちあふれていたため、ずっとあとになってから当時を思い返すにつけ、あとにも先にもあれほどの幸せが存在したことはこの世界になかったのではないか、と思えてならなかった。チップスの結婚はならぶもののなき成功をおさめた。キャサリンは夫チップスのみならず、ブルックフィールド校をも支配下におさめた。キャサリンは生徒たちにも教師たちにも大人気だった。教師たちの妻でさえ――最初こそ、これほど若くて美しい女を前にして嫉妬《しっと》にかられがちだったものの――キャサリンの魅力の前には、そういつまでも抵抗できるものではなかった。

しかし、もっとも驚くべきことはキャサリンがチップスにもたらした変化だった。結婚する前のチップスは、どちらかといえば無味乾燥、なにごとにつけても中庸を守る人物だった。ブルックフィールド校では概して好感をもたれて、評判もよかったが、大いに人気を博すとか、多大な愛情をむけられることはなかった。ブルックフィールド校に着任してからすでに四半世紀……まっとうで仕事に骨身をおしまぬ男という地歩を固めるには充分な歳月だ。しかし、チップスにかぎらずだれであっても、自分にはまだ伸びしろがあるという信念をいだきつづけるには少しばかり長すぎたのも事実。それどころかチップスは、知らないあいだに教育方法が内側からむしばまれる病《やまい》という、教職にある者にとっては最悪で命とりにもなる陥穽《かんせい》に落ちこみかけていた。おなじ内容の授業を何年も何年もくりかえしていると、一定の型ができあがってしまう。すると授業以外の日々の暮らしのあれこれも、知らず知らずその型にすんなりおさめるという悪癖に染まる。チップスは仕事に打ちこんでいた。良心的な教師だった。学校にすっかり根づいて、生徒たちのために尽力し、満足や自信をはじめとするすべてを与えながらも、たったひとつ、霊感を与えることだけはかなわなかった。

そんなチップスのもとに驚くべき若い女が妻としてやってきた。だれひとり予想もしていなかったし、だれよりもチップス自身がいちばん意外に思っていた。そのキャサリンがチップスを、だれがどこから見てもまったく新しい人間につくりかえた。といってもチップスの新味と見えたものは、じつのところ、年老いたもの、抑圧されていたもの、そもそもだれも存在を想像さえしていなかったものに新たな命が吹きこまれた結果だった。目が輝きをとりもどした。天才のきらめきこそ不足していたとはいえ、それなりに充分よく働いていた頭が、これまでよりも冒険をする方向へと動きはじめた。ユーモアのセンスは前々からそなわっていたもののひとつだったが、これが年を重ねたことによる円熟味を添えられて、突然花ひらいた。チップスは、以前には感じられなかった自信の手応《てごた》えを感じるようになった。教育方法は改善され、その結果――ある意味では――杓子《しゃくし》定規なところが従来よりも薄まってきた。それで生徒の人気も増した。最初にブルックフィールド校へやってきたとき、チップスの目標は生徒から愛されて尊敬され、また生徒たちを従わせることだった――少なくとも生徒たちを従わせることだけは目標だった。生徒たちの服従はしっかりと手に入れていた。また尊敬も得ることができた。しかし、ここへきてやっと生徒から愛されるようになった。甘やかさず、しかし情愛をもって生徒に接する教師、生徒たちを充分に理解し、しかし過度に踏みこむことのない教師、生徒たちの幸せを自分個人の幸せと結びつけるような教師チップスに、少年たちはいきなり愛をむけはじめた。チップスはちょっとした冗談を口にするようになった。語呂《ごろ》あわせをつかった記憶術のたぐい。教室に笑いを巻き起こすと同時に、大事な知識を生徒たちの頭に植えつけるためのものだ。多くの冗談の一例にすぎないが、いつも決まって生徒たちを笑わせる冗談があった。ローマ史の授業が例のカヌレイア法――貴族と平民など、階級の異なる者同士の結婚を許可する法律――のくだりにさしかかると、チップスはかならずこんなひとことを添えた。

「さあ、これで諸君もわかったね。さて、ここにミスター貴族《パトリキ》と結婚したいと願うミス平民《プレブス》がいるとして、結婚は無理だとミスター貴族がいったら、ミス平民はこう答えたことだろうね――『いいえ、できるのよ、嘘つきさん《キャニュー・ライア》』」

これがカヌレイア法の名前にひっかけた語呂あわせの駄洒落《だじゃれ》だとわかると、教室は大爆笑につつまれた。

キャサリンはチップスのものの見方や意見の幅を広げただけではなく、ブルックフィールド校の屋根や尖塔《せんとう》から見える範囲よりもずっと先まで広がる世界を見はるかす視野もさずけた。おかげでチップスにも自分の祖国が奥深く慈悲にあふれていることや、ブルックフィールド校はそうした祖国にうるおいをもたらす多くの川のひとつにすぎないことがわかった。キャサリンはチップスもかなわないほど頭脳明《めい》晰《せき》で、たとえ考え方や意見に同意できないときでも、チップスには反論できなかった。たとえば、キャサリンがいくら急進的社会主義に準じた話をまくしたてようとも、チップスは政治については保守の立場をとりつづけた。しかし、たとえ受け入れがたい話が出たときでも、チップスはそういった話を自分のなかに吸収した——キャサリンの若き理想主義がチップスの成熟した知性に働きかけ、そこからとても穏やかで叡《えい》知《ち》に満ちた合金が産みだされた。

ときには、キャサリンがチップスを完全に説き伏せることもあった。その一例が、労働者や貧しい人々が多く住むロンドンのイーストエンドで、ブルックフィールド校が運営していた社会救済施設の件だった。この施設には生徒もその保護者たちも気前のいい寄付をしていたが、人的交流はめったになかった。この施設の学校のチームをブルックフィールド校に招いて、学校のチームのひとつとサッカーの試合をさせたらどうか——キャサリンはそう提案した。あまりにも過激な前代未《み》聞《もん》のこの提案は、キャサリン以外から出ていれば、冷ややかに受けとめられたきり沙《さ》汰《た》やみになったはずだ。最初は、上流階級の子弟がつどう閑静な庭ともいうべき学校にスラム街育ちの少年たちを招くのは、手つかずにしておいたほうがいいものすべてを、わざわざかきまわすような無益ないたずらとしか思われなかった。教職員全員が反対した。理事会も——意見を諮《はか》られれば——やはり反対したにちがいなかった。イーストエンドの少年たちはごろつき同然に決まっていると、だれもが考えていた。そうではなくても、この学校で少年たち自身が居心地のわるい思いをさせられるだろう。いずれにしても、〝ひと騒動〟もちあがるだろうし、そんなことになればだれもがうろたえ、あたふたするに決まっている。それをきかされてもなお、キャサリンは引き下がらなかった。

「チップス」キャサリンはいった。「まちがってるのはあの人たち、わたしは正しいことをいってるの。わたしは未来の先に目をむけている——あの人たちもあなたもふりかえって過去しか見てない。これからのイギリスは、決して〝将校クラス〟と〝それ以下の地位〟にきっぱり分かれたままにはならないわ。ブルックフィールドの生徒たちだって、イーストエンドのポプラー区の少年たちだって、イギリスにとって大事な存在に変わりはないの。あの少年たちをぜひともこの学校に招くべきよ、チップス。数ギニーの小切手を書いただけで良心を満足させて、あそこの少年たちをここへ近づけないようにしていてはだめ。それにね、施設の少年たちだってブルックフィールド校のことを誇りに思ってるのよ——その気持ちはあなたとおなじ。これから何年かすれば、ああいった少年もこの学校へ入学してくるかもしれない——少なくとも数人は来るはずよ。なぜそうならないと思うの？　この先ずっとそうならない理由がある？　チップス、いまは一八九七年——あなたがケンブリッジにいた六七年とは大ちがいよ。あなたの頭には、そのころに刷りこまれた考えがつまってる。ええ、ほとんどはとてもすばらしい考えよ。でも、なかには——ほんの少しだけど——頭から消したほうがいい考えもなくはないの……」

キャサリンにも意外だったが、チップスはそれまでの意見をひるがえしたばかりか、この提案の熱心な唱導者になった。チップスの百八十度の豹変《ひょうへん》ぶりに学校当局も足もとをすくわれたようになって、気がつけばいつしかこの危険な実験をおこなうことに同意させられていた。そしてある土曜日の午後、ポプラー区に住む少年たちがブルックフィールド校へやってきて、学校の二軍チームとサッカーの試合をし、正々堂々と戦ったのちに七対五で負けた。そのあと訪問者一行は、学校のチームの面々と大食堂でお茶と夕食をかねたハイティーをともにした。さらにそのあとは校長に表敬訪問、校長の案内で学校内を見学し、夕方には帰っていく一行をチップスが駅で見送った。諸事万端とどこおりなく運んだうえ、イーストエンドの少年たちがブルックフィールドにいい印象を残していったように、少年たちもこの学校への好印象をいだいて帰っていったことは明らかだった。

少年たちは、彼らを出迎えて話しかけてきた魅力的なご婦人のことも記憶に刻みつけて帰っていった。それから何年もたった第一次世界大戦中のある日のこと、ブルックフィールド校近くの大きな駐屯地からひとりの歩兵がチップスをたずねてきて、自分は最初に学校を訪問したチームのひとりだった、と話した。チップスは紅茶でもてなして男とひとしきり歓談したのち、握手をした。そのとき男がこんなことをいいはじめた。

「そういえば、奥さんはお元気ですか？　あの人のことは忘れようにも忘れられません」

「本当かい？」チップスは思わず釣りこまれてたずねた。「本当に妻を覚えていてくれているのかね？」

「もちろん。あのときの全員が奥さんのことを覚えてるはずでさ」

　チップスはこう答えた。「もうだれひとり、覚えてはいないんだよ。少なくとも、ここにはひとりもいない。生徒はやってきては、去っていく。いつも新しい顔ぶれだ。だから、思い出が長つづきしない。教師たちですら、この学校に長くはいない。去年――そう、グリップルが退職してからは――うぅむ――学校食堂の責任者だった男だ――妻を見たことのある者さえいなくなってね。妻はね、きみたちがうちの学校を訪問してから一年とたたずに亡《な》くなったんだ。一八九八年に」

「そいつはお気の毒さまでしたね、先生。奥さんとお会いしたのはあのとき一回こっきりでしたがね、それでもはっきり覚えてる友だちが二、三人はいます。ええ、いまでも忘れてやしませんとも」

「それをきいて、わたしもうれしいよ。あの日は、わたしたちみんなにとってすばらしい一日だった――サッカーの試合も名勝負だったね」

「あんなに楽しい思いをした日は、生まれてからこっち数えるほどでさ。ああ、いまがいまでなくて、あの日だったらよかったのに――心からそう思います。あしたになりゃ、海の向こうのフラァンスへむけて出発ですんでね」

それからひと月ほどたったある日、チップスはこのときの兵士がベルギー北西部のパッシェンデールでの激戦のさなかに戦死したことを知らされた。

7

キャサリンとの日々はいまもなお、チップスの人生でぬくもりと生彩に満ちた短くも平和な日々として際立《きわだ》ち、まばゆい光をはなっていて、一千を数える思い出がその輝きを宿していた。ミセス・ウィケットの家で夕暮れどきを迎え、学校の鐘が点呼を告げるころには、数えきれない思い出がチップスのもとによみがえってきた。石畳の廊下を小走りに急ぐキャサリン。隣にすわり、チップスが採点している作文に〝噴飯もの〟のまちがいを見つけて声をあげて笑うキャサリン。学校の音楽会でモーツァルトの弦楽三重奏のチェロのパートを演奏しているキャサリン――クリーム色のその腕が、チェロのつややかな茶色の上で流れるように左右に動いていた。巧みな演奏の腕をもち、音楽の才能にも恵まれていたキャサリン。十二月の学寮対抗戦を観戦したとき、毛皮のコートをまとって両手を毛皮のマフに入れていたキャサリン。来賓の祝辞や記念品贈呈のある卒業式につづいておこなわれたガーデンパーティーに出席したときのキャサリン。どんなに些細《ささい》なものでも、とにかくなにか問題がもちあがれば、かならずチップスに助言したキャサリン。どれもが有用な助言だった――いつも受け入れたわけではないにしろ、妻の意見はチップスの意見の形成にかならず影響していた。

「チップス、もしわたしだったら、その件は追及せず、そのままにしておくわ。だって、どのみちそれほど大事《おおごと》ではないんですもの」

「わかるよ。わたしだって追及などしたくない。しかしもし放免すれば、あの生徒たちはまたぞろおなじことをしでかすかもしれないじゃないか」

「だったら、そのことも率直に話してきかせ、生徒たちにやりなおす機会を与えてあげればいいんじゃない？」

「それもそうだね」

またときには、本当に〝大事《おおごと》〟というにふさわしいことも起こった。

「そうね、チップス。考えてみれば、あの年ごろの男の子が何百人も学校に押しこめられていること自体が不自然よ。だから、本来起こってはならないことが起こった場合、こんな環境におかれていることも生徒たちの責任であるかのように断罪するなんて、いささか不公平だと思わない？」

「それはどうだろうね、キャシー」チップスは妻を愛称で呼んで、話をつづけた。「でも、これだけはいえるよ――全員のためを思えばこそ、こういった件には厳格にあたる必要がある。腐った林檎《りんご》はたったひとつでも、早め早めにとりのぞかないことには、樽《たる》の林檎すべてが腐ってしまいかねないんだ」

「そうはいっても、なにかしら原因があって、この生徒が〝腐った〟ほうが先じゃなくて？　結局のところ、そういうことだったのではないかしら？」

「そうかもしれない。わたしたちには、どうしようもないよ。いずれにしてもブルックフィールド校は、他校とくらべればずっといいところだ。だからこそ、ここの美風を守り育てていかなくてはならないのだよ」

「でも、この生徒……もしやこの生徒を退学させるつもり？」

「わたしが報告すれば、校長は退学処分を決めるだろうね」

「では、あなたは校長に報告するつもり？」

「いたしかたないよ、わたしの義務だ」

「ほんの少しでもいいから考えなおしてみない？……この生徒ともう一回話してみて……なにがきっかけだったのかがわかるかもしれないし……それに、なんといっても今回の一件を別にすれば、この生徒はどちらかといえば気だてのいい子なのではなくって？」

「ああ、とてもいい子だよ」

「だったら、チップス、やっぱりほかの方法がぜったいどこかにあるはずだとは思わない？」

いつも決まってそんな調子。こんなやりとりが十回あれば、そのうち一回くらいはチップスも強情になって自説を頑として曲げなかった。こうした例外的なケースも、その半分程度はあとあと考えなおした結果、やはりキャサリンの助言をききいれるのだったと思いもした。また後年、生徒がなにか問題を起こしたとなると、過去の回想が波となって押し寄せ、その作用で態度をやわらげるのがつねだった。前に立って罰をいいわたされるのを待っている少年——ただし観察力に富む少年なら、目の前の教師の鳶色《とびいろ》の瞳《ひとみ》がきらめきながら、〝心配はいらないよ〟と語りかけていることに気づいただろう。しかし、そこまでは気づいても、よもやチップスが少年の生まれた年よりもずっと昔のことを思い出しているとまでは想像もできなかったはずだ。このいたずら坊主《ぼうず》を大目に見てやる理由のひとつでも思いつけば、この皺《しわ》首《くび》だって差しだしたいのに、なにも思いつかない……いまこの場にキャサリンがいれば、きっとなにか考えついたはずなのに！

　といっても、キャサリンはいつも寛大さを求めていたわけではない。きわめて稀《まれ》だったが、チップスが生徒を許す方向に傾いているにもかかわらず、キャサリンが厳罰を主張したこともあった。

「どうしても好意をもてないタイプなのよ。うぬぼれが強すぎて。本人が困った立場におかれたがっているようだから、わたしならご希望どおり厳しい罰をくだしてあげたいところね」

　過去にはささやかな出来事があきれるほどたくさんあって、いまはそのすべてが過ぎ去った歳月深くに埋もれていた——そのときには緊急に思えたさまざまな問題、その場では白熱した討論、大いに笑ったことを覚えているからこそ、いまも愉快な数々のエピソード。そういった感情のあれこれは、人の記憶から最後の名残が消し去られてしまってもなお、その意味をうしなわないのだろうか？　もしそれが事実なら、なんと多くの感情が――無に帰する前の終《つい》のすみかとして――チップスにまとわりついていることか！　そういったあまたの思い出はいずれ長い長い眠りにつくが、そうなる前にチップスは思い出にやさしく接して、心からいつくしんでやらなくてはならなかった。たとえばアーチャーが辞職した件――じつに奇妙ないきさつだった。また老オーグルヴィが合唱の練習をしているとき、オルガンが設置された二階バルコニーにダンスターが鼠《ねずみ》をはなった件――そのオーグルヴィはすでに世を去り、ダンスターは一九一六年、ユトランド沖の英独海戦のさいに溺死《できし》した。その場にいあわせた者や事件の話を耳にした者もいるが、いまでは大半が忘れ去っていることだろう。そればかりかこれは、何世紀もの歴史をいろどってきたさまざまな出来事すべてにあてはまる。ふいに、エリザベス一世の時代からいままでにこの学校で学んだ数千数万の生徒たちの顔また顔が瞼に浮かんできた。何世代にもわたる教師たち。いまとなっては亡霊めいた痕跡《こんせき》さえひとつも残っていないが、それでもブルックフィールド校の歴史の一部だった長きにわたるいくつもの時代。五年生の教室がなぜ〈地獄の底〉と呼ばれているのかを知る者がいるだろうか？　最初にその名がついた裏には理由があったはずだ。しかし、その理由はいまの時代に伝わってはいない――ローマの歴史家リウィウスの散佚《さんいつ》した著作とおなじように。一六四五年にこの近くのネイズビーでクロムウェル率いる議会軍とチャールズ一世率いる国王軍が戦っていたとき、ブルックフィールド校ではなにがあったのか？　一七四五年のジャコバイトの反乱という恐怖に、ブルックフィールド校はどう対応したのか？　一八一五年、ワーテルローの戦いの結果の知らせがとどいたときには、やはりお祝いで丸一日の休校になったのか？　さらに時をくだれば、チップスが思い起こせるかぎりいちばん昔にたどりつく――一八七〇年。最初の、そして一回かぎりの面接のあとの雑談の場で、当時の校長のウェザビーはこういっていた。

「そのうち頃合よしとなれば、われらがイギリスもプロイセンと決着をつけなくてはならない雲行きだね」

こういったことどもを思い返していると、すべてを書きとめて一冊の本にまとめてみたくなることも珍しくはなかった。ミセス・ウィケットの家で過ごす日々のおりおりに、学習ノートにとりとめなくいくつかの逸話を書きとめたこともある。しかし、すぐ壁に阻《はば》まれて先へ進めなくなった――いちばん大きな壁は、書き物をすると心身の両面が疲れてしまうことだった。また紙に文字として書きつけると、いきいきとしていた思い出が輝きをあらかたうしなってしまうことも理由だった。その一例が、ラシュトンとじゃがいもの袋にまつわるエピソードだ。文字にするときわめて退屈な話だが、あのときあの場ではなんとまあ愉快だったことか！　思い出していないるときにも愉快になった。とはいえ、ラシュトンのことを覚えていなければ……いや、どのみち、だれがあんな昔のことを覚えているだろう？　本当に、もうずいぶん昔の話になってしまった……ミセス・ウィケット、ラシュトンという名前の男に心あたりはありますかな？　ああ、あなたが学校で働きはじめるよりも前に……政府の仕事だかでビルマへわたってしまったのでしたっけ……いや、行先はボルネオだったか……？　まあ、とにかく愉快な男でしてね、このラシュトンは……。

チップスはそんなふうにして煖炉《だんろ》の前で、またうつらうつらと夢を見ていた――夢で見ているのは昔のこと、自分ひとりがひそかに関心をいだいている出来事など。笑える話や悲しい話、喜劇と悲劇、そのすべてがいまチップスの頭のなかで溶けあっていく。そのうちいつか、どれほど大義な仕事になろうとも、昔のことをすっかり整理して一冊の本にまとめなくてはならないな……。

8

　忘れようにも忘れられないのが、一八九八年の春のある日のことだ。チップスは恐ろしい悪夢にとらわれてしまった気分で、ブルックフィールドの道をせかせかと歩いていた。太陽がいまもまだ輝いている世界へ、すべてがいまの現実とは異なる外の世界へしゃにむに逃げだしてしまいたい気分もどこかにあった。学校の外を通っている道を歩いていると、生徒のフォークナーと顔をあわせた。

「失礼します、先生。きょうの午後は早退をしてもいいでしょうか？　家族がこちらへ来ることになったんです」

「はあ？　なんだって……？　ああ、いいとも、かまわんよ……」

「礼拝も欠席していいでしょうか、先生？」

「かまわん……ああ、いいとも……」

「もうひとつ、家族を迎えに駅へ行ってもかまいませんか？」

チップスはあやうく、「つべこべいわず、どこへなりとも好きなところへ勝手に行くがいい。妻が死に……子供も死んだ。いっそわたしも死んでしまいたいよ」と口走りそうになった。

しかしじっさいには、ただうなずいたきり、おぼつかない足どりでその場を離れただけだった。だれとも話したくなかったし、悔やみの言葉をかけられたくもなかった。できるものなら、慰めの言葉をかけられるよりも先に、自分をこの現実に慣れさせておきたかった。チップスはいつもどおり点呼のあとは四年生の授業に出たが、生徒に文法規則を暗記するようにという課題を出したきり、あとは周囲にまったく無関心な茫然《ぼうぜん》自失の状態で机の前にすわっていた。

ふいに、話しかけてくる声が耳を打った。「失礼します、先生。先生あての手紙がたくさんありますよ」

いわれてみればそのとおり。チップスはなにも気づかず手紙の上に両肘《りょうひじ》をついていたのだ。どの手紙にも宛名《あてな》にチップスの名があった。つぎつぎに手紙の封を破っていったが、どの封筒も中身はなにも書いていない白紙ばかりだった。チップスはぼんやりと、妙なこともあったものだと考えたが、なにも口にしなかった。それよりもはるかに重大な関心事があったせいで、この出来事はほとんどなんの影響ももたらさなかった。白紙の手紙の山がエイプリルフールのいたずらだったことに思いいたったのは、それから何日もあとのことだった。

母親と生まれたばかりの赤ん坊は、どちらもおなじ日に――一八九八年四月一日に――世を去った。

9

チップスは設備のととのった住みやすい学寮内のアパートメントから、以前住んでいた独身寮へ引っ越した。最初は舎監から身を引くことも考えたが、校長に説得されて考えをあらためた――のちにチップスは、このとき辞めずによかったと思うことになる。仕事をしていれば手もちぶさたにならず、頭と心にぽっかりとあいた穴を埋めることにも通じた。チップスは変わった――だれもがわかる変わりぶりだった。結婚がなにかをもたらしたように、妻子との死別もチップスになにかをもたらした。あまりの悲しみに茫然としていた当初の日々がすぎると、チップスはいきなり、少年たちが――じっさいはどうあれ――ためらいもなく〝老人〟というレッテルを貼《は》るたぐいの人物に変わっていた。といっても、体の動きが衰えたわけではなかった。いまでもクリケット場で五十点を叩《たた》きだすこともできたほどだ。仕事への関心や熱意が薄れることもなかった。ただし、しばらく前から髪の毛に白いものが混じりはじめていたのだが、ここへ来てまわりの人々は初めてそれに気づいたようだった。チップスは五十歳になっていた。あるとき、ことのほか激しいファイヴズの試合をおえたあとで――ちなみに試合でチップスは年齢が半分の若者にも負けない活躍を見せていた――ひとりの生徒が口にしたこんな感想の言葉が耳に飛びこんできた。

「あんな年寄りにしては、あの先生もけっこうやるもんだな」

八十歳を超えたころになると、チップスはたびたび含み笑いを洩《も》らしながらこのエピソードをよく話していた。

「五十歳を年寄りあつかい？　うぅむ――あれをいったのはネイラーだったが、ネイラーだって、いまじゃもう五十の大台にのっているはずだ！　いまでも五十歳は年寄りだと思っているだろうかね？　最後にきいた話では弁護士になっているとか。弁護士は総じて長生きするんだよ――ほら、ホールズベリがいい例だ――うぅむ――大法官になったのは八十二歳のときで大往生が九十九歳だったぞ。これこそが――うぅむ――年寄りというものだ。五十で年寄りとはよくいったものだな――長寿の面々から見たら、五十などまだまだ若造……わたしがどうかといえば……五十のときは……赤ん坊同然だったよ……」

ある意味で、その言葉は真実だった。二十世紀を迎えるとともにチップスには円熟味がそなわり、それがしだいに定まってきた言動の癖やたびたびくりかえされる冗談などを渾然《こんぜん》一体に融合させて、ひとつの調和をつくりだした。以前はおりおりに教育上の些細な問題にも悩まされたが、そういったこともなくなった――というか、自分の仕事と自分の価値に自信を感じられるようになった。自分やその地位にいだいている誇りは、ここブルックフィールド校にいだいている誇りの反映だということもわかってきた。この学校に奉職していればこそ、思うぞんぶん自分らしさをまっとうしてふるまうことができた。かくしてチップスはその年齢と円熟味ゆえにこそ、いまだかつて余人がたどりついたことのない特権をそなえた領域へ足を踏み入れた。そしてまた、学校の教師や聖職者にはひんぱんに見られる、害のない奇矯なふるまいをする権利も獲得した。ぼろぼろになって布地がばらけてしまいそうになるまで、一枚の教師用のガウンを着つづけた。点呼をとるために大講堂横の木のベンチの上に立っているときには、なにやら秘教めいた儀式に没頭しているような雰囲気をただよわせていた。手にしているのは生徒名簿、その細長い用紙が丸まって表紙の厚紙にかぶさっていた。生徒たちがひとりずつ前を通って氏名を名乗ると、チップスはそれを確認し、名簿の所定の欄にチェックマークを書きこんだ。このときに生徒の顔を確かめるしぐさは、簡単な物真似《ものまね》の題材として学校じゅうで愛されていた。鉄縁《かなぶち》の眼鏡を鼻の頭にまでずりさげて、両眉《りょうまゆ》をぐいともちあげ——このとき片方をわずかに高くする——なかば食い入るような、なかばいぶかしむような目つきで生徒をじっと見つめるのだった。また風の強い日には、ガウンも白髪も生徒名簿もめちゃくちゃに乱されてしまい、午後の体育をおえて教室での授業へともどるあいだのひと幕を愉快な笑いのひとときへと変えた。

ずっと後年になったいまなお、そうした生徒の名前は——忘れえぬ歌の一節のように——苦もなく思い出されてきた……エインズワース、アットウッド、エイヴォンモア、バブコック、バッグズ、バーナード、バッセンスウェイト、バターズビイ、ベックルズ、ベッドフォード－マーシャル、ベントリー、ベスト……。

もうひとつ、こちらも。

……アンズリー、ヴェイルズ、ウォダム、ワグスタッフ、ウォリントン、ウォーターズその一、ウォーターズその二、ワトリング、ウェイヴニー、ウェッブ……。また四年生のラテン語法の授業で〝六歩格のすばらしき一例〟としてかならずとりあげる、こんな名前の連なりもあった。

……ランカスター、ラットン、リーメア、リットン－ボズワース、マクゴニゴール、マンスフィールド……。

あの生徒たちはみんなどこへ行ってしまったのかと、そう思うこともしばしばだった。かつて自分がひとつに編みあわせていた者たち……彼らはどれほど遠くにまで散らばって、編みあげた模様を壊したり、新しい模様をつくったりしているのだろう？　この世界の無秩序な性質に、チップスは狐《きつね》につままれた思いをさせられた――世界は無秩序であればこそ、この世界がつづくかぎり、あの歌にふたたびなんらかの意味が与えられることはもう二度とないのだろう。

そしてブルックフィールド校のその先に――霧が晴れたおり、山のむこうにちらりと別の山が見えてくるように――チップスは変化と軋轢《あつれき》に満ちた世界を目にしていた。そういったときのチップスは、自分では意識していなかったが、頻繁にキャサリンの目を通じて世界を見ていた。キャサリンがその精神のすべてをチップスに残していくことはできなかったし、きらめく才気にいたってはなおのこと少ししか残していかなかった。しかしキャサリンは落ち着いたバランス感覚を残していったし、これはまたチップス自身が胸に秘めている感情とよく調和した。ボーア人への強硬政策を求める苛烈《かれつ》な意見が世論の大勢を占めたときにも、これに同意しなかったのは、チップスらしさのあらわれだった。といっても、決してボーア人に肩入れしていたわけではなかった――ボーア人の味方をするにはあまりにも保守的であり、さらにはボーア人支持派をもって任じる人々のことは大きらいだった。それでもなお、ボーア人たちが戦いに巻きこまれたいきさつには、イギリスの歴史書に登場する英雄たち――ウィリアム征服王に抵抗したヘリワード・ザ・ウェイクや、侵入してきたローマ軍に抵抗したブリトン人のカラクタカスなど――と奇妙にも似通った事情があるのではないか、という思いはおりおりにチップスの頭をよぎった。このことを話して五年生のクラスに衝撃を与えようとたくらんだこともあった。しかし生徒たちは、チップスのいつものちょっとした冗談としか受けとらなかった。

　ボーア人の問題については異端ともいえる意見をもっていたが、大蔵大臣ロイド・ジョージが富裕層の増税を織りこんだ予算案を提出して問題になったときには、きわめて正統的な立場をとった。ロイド・ジョージにも予算にも関心はなかった。

さらに後年、そのロイド・ジョージがブルックフィールド校の卒業式に来賓としてやってきた。スピーチの順番がまわってくると、チップスはこう話した。

「ミスター・ロイド・ジョージ、わたしがどのくらい年寄りかと申しますと——うぅむ——あなたがまだ若かったころのことを覚えているくらいです。そんなこんなで——うぅむ——ぶしつけな物言いになりますが、こうしてお見うけしたところ——うぅむ——あなたもまたずいぶんと——うぅむ——大きくなられましたな」

いっしょに立っていた校長は腰を抜かさんばかりだった。しかしロイド・ジョージその人は愉快そうに大笑いをしていたし、つづく儀式のあいだ、ほかのだれでもなくチップスにいちばん頻繁に話しかけてもいた。

「いかにもチップスらしいよ」あとになって、人々はそういいかわした。「あれだけのことをいってもおとがめなし。人間、あれくらいの年齢《とし》になると、なにをいっても許してもらえるんだね」

10

　一九〇〇年のこと、ウェザビーのあとを継いで三十年のあいだ校長をつとめたメルドラムが肺炎で急死した。そののち新しい校長が正式に決まるまで、チップスは臨時校長という身分になった。理事会がチップスを臨時校長ではなく正式な校長に任命する可能性もわずかながらないではなかったが、結局三十七歳という若い人物が後継になると決まったときにも、チップスは本心から残念だとは思わなかった。新校長は大学を首席で卒業、スポーツでも大学対抗試合に出場経験がある輝かしい経歴をもち、片方の眉をぴくんと吊《つ》りあげるだけで、ざわついている大講堂を一瞬にして静められるような性格だった。そんな人物に対抗したところで、チップスにとうてい勝ち目はない。かつて勝ち目があったためしもなければ、この先も勝ち目のある人物になれないことくらい百も承知だった。だいたいが温和であり、積極的に打ってでる獰猛《どうもう》な性格ではなかった。

一九一九年に最終的に退職するまでの歳月には、いまもあざやかに記憶がよみがえる絵のような光景がちりばめられている。

ある年の五月の朝。学校の鐘がいつもは鳴らない時間に鳴りはじめ、全員が大講堂に集合させられた。新校長のロールストンがいかめしく、もったいぶった物腰であらわれ、これから由々しき言葉が発せられることをあらかじめ感じさせるような、冷徹そのものの目つきであつまった一同をしっかりと見すえた。

「諸君も深い悲しみを感じることと思うが、エドワード七世国王陛下がきょうの朝、崩御あそばされた……。よって本校はきょう一日を休校とする。しかし、午後四時三十分より礼拝堂において礼拝をおこなう予定だ」

それからある夏の朝、ブルックフィールド校近くの線路での光景。この日、鉄道員たちはストライキをしていて、兵隊たちが機関車を走らせていた。これに先立って、列車に石が投げつけられるという事件があった。そのためブルックフィールド校の生徒たちは線路をパトロールしてまわり、こういったことすべてを愉快に思っていた。生徒たちの監督役をつとめていたチップスは少し離れた場所に立って、一軒のコテージの門の前で男と立ち話をしていた。そこへクリックレイドという生徒が近づいてきた。

「失礼します、先生。もしストライキをしている労働者と出くわしたら、ぼくたちはどうすればいいいんですか？」

「ストライキ中の人と会いたいのかね？」

「いいえ、その――わかりません」

やれやれ、この子ときたら――ストライキ中の労働者を、動物園から脱走した珍獣あつかいして話しているではないか！

「だったら、ほら、もっとこっちへ来て――うぅむ――ミスター・ジョーンズにご挨拶《あいさつ》するといい。この人はいまストライキ中だ。仕事についているときには、駅の信号室を担当していてね。つまりきみは数えきれないくらい何度も、この人の手に命をあずけているわけだね」

そのあと、この逸話は学校じゅうに広まった。チップスがあそこでストライキ中の労働者と話をしていた。ストライキをしている者と話をしていた。ふたりが話をしていたときのようすから察するに、かなり親しい間柄かもしれないぞ。

チップスはこのときのことをあとあと何度も思い返し、そのたびにキャサリンが生きていれば自分の行動を肯定してくれるばかりか、愉快に思ってもくれたはずだとの思いを新たにした。

なぜかというとチップスはずっと以前から、どんな事件が起ころうとも、政治の道筋がどれほどねじくれたり曲がったりしようとも、このイギリスを信じ、イギリスの血肉をそなえた人間を信じ、ブルックフィールド校を信じていたからだし、この学校の価値は、つまるところ威厳と調和をもってイギリスの風景にしっかりなじむか否《いな》かにかかっていると考えていたからだ。チップスの頭のなかにはひとつの光景があり、年を追うごとにその光景がだんだん明瞭《めいりょう》になってきた——まもなく安楽な日々のおわりを迎えようとしているイギリス、舵《かじ》とりを髪の毛一本ほど誤っただけでも、とりかえしのつかない結果を招く水路へむかっていくイギリスという光景だった。チップスは一八九七年のヴィクトリア女王即位六十周年の祝典を覚えていた。祝典当日、ブルックフィールドは休校になり、チップスはキャサリンを連れてロンドンまで出ていき、パレードを見物した。すでに伝説となっていた高齢の女王は、いまにも壊れそうな木の人形のように専用馬車の席にすわっていた。この女性はまた数多くのことどもを堂々と象徴していたが、それらもすべて――女王自身と同様に――まもなく終焉《しゅうえん》を迎えようとしていた。おわるのは十九世紀だけ？　それとも一時代がおわる？

そのあとにつづいたのが狂乱の十年間というべきエドワード七世の時代。いうなれば焼き切れる前の白熱電球がひときわまばゆく、白く輝くような時代だった。ストライキと工場閉鎖、シャンペンつきの晩餐《ばんさん》と失業者のデモ行進、中国人労働者、関税改正、戦艦ドレッドノート、マルコーニと無線電信、アイルランド自治問題、クリッペン医師の殺人事件、婦人参政権運動、第一次バルカン戦争におけるオスマン軍のチャタルジャ最終防衛線……。

そして四月の風と雨の強い夕方のこと。チップスは四年生にローマの詩人、ウェルギリウスの逐語訳をさせていたが、どうにもみんな授業に身がはいらなかった。新聞に衝撃的なニュースが載っていたからだ。なかでもグレイスンという生徒がとりわけ集中力を欠き、うわの空だった。線の細い物静かな少年だった。

「グレイスン――うぅむ――授業のあと教室に残りたまえ」

授業のあとで――

「グレイスン、きみにはその——うぅむ——あまり厳しいことはいいたくない。なにせきみは——うぅむ——学業においては総じて優秀だからね。それにしても、きょうはまた——うぅむ——勉強しようという気がまるでなかったようではないか。どうかしたのかな？」

「な、なんでもありません、先生」

「そうか——うぅむ——それでは、この話はもうおわりにしよう。しかし——うぅむ——次の授業ではもっと真剣な姿勢を期待しているよ」

翌朝、学校じゅうが騒然となっていた。グレイスンの父親がタイタニック号に乗船していて、まだ安否についての情報がいっさいもたらされていない、というのだ。

グレイスンは許されて授業を欠席した。その日は学校の全員が一日ずっと、心配しているグレイスンを思って胸を痛めていた。しかし、救助された生存者のなかに父親がいたことが確認されたというニュースが飛びこんできた。

チップスは少年の手をとった。「その、うぅむ——心からよかったと思うよ、グレイスン。めでたい幕切れだね。きみもさぞかし安心して、人生もわるいものではないと思えたことだろう」

「は、はい、先生」

ものの静かで線の細い少年だった。やがて運命のめぐりあわせでチップスが悔やみの言葉をかけることになったのはそのグレイスンではなく、グレイスンの父親のほうだった。

11

それから、ロールストン新校長との喧嘩《けんか》の件もある。妙な話だが、チップスは一度としてこの男に好意をもてなかった。有能そのもので仕事の妥協を許さず、野心満々だが、なぜか人から好かれない男だった。なるほど、ロールストンが学校としてのブルックフィールドの地位を押しあげたことは事実だし、記憶にあるかぎりこれほど入学志願者が増えたこともなかった。ロールストンは電気が流れているケーブルのように活発な男だった――いわば高性能の送電線で、それゆえ近くにいるときには注意が欠かせなかった。

チップスはそんな注意をしたためしがなかった――ロールストンに心惹《こころひ》かれることはまったくなかったが、それでも礼は失せず、誠実につかえていた。いや、むしろブルックフィールド校につかえていたのかもしれない。ロールストンから煙たく思われているのはわかっていたが、それは問題ではなかった。自分はいまの年齢や学校の古参教師という地位で充分に守られており、そのためにロールストンの好意を得られなかったほかの教師とおなじ運命をたどることはない、と感じていたのだ。

　そして一九〇八年、チップスが六十歳になってすぐ、ロールストンは唐突に折り目正しい口調で最後通牒《つうちょう》をつきつけてきた。

「チッピング先生、これまでに退職をお考えになったことがおありかな？」

　この質問にチップスはすっかり虚をつかれ、なぜそんなことをたずねたのかと首をひねりながら、壁が書棚になっている書斎でロールストンをただまじまじと見つめていた。しばらくは黙っていたが、やがてこう答えた。「いいえ――うぅむ――その件について深く考えをめぐらせていたかと問われれば――うぅむ――まだ考えていないと答えるほかは――うぅむ――ありませんな」

「そうですか、チッピング先生。それでは、ぜひともこの申し出を考慮していただけますかな。むろんのこと、理事会はあなたに充分な年金を給付することに同意するものと思われますよ」

　チップスの頭にいきなり血がのぼった。「しかしですね――うぅむ――わたしは退職など――うぅむ――したくない。だからそんな話は――うぅむ――考える必要などありませんな」

「お気持ちはお察ししつつ、それでも考えてほしいとお願いしているのです」

「しかし――うぅむ――わたしが考えなくてはならない――うぅむ――理由がひとつもわかりません！」

「そういうことだと、問題が多少ややこしくなりそうだ」

「ややこしくなる？　なぜまた、ややこしくなるのです？」

ふたりは本格的に口論をはじめた。ロールストンはどんどん冷静になって態度を硬化させ、チップスはどんどん頭に血がのぼって怒りをつのらせていった。やがてロールストンが、氷のように冷ややかな口調でこういった。

「チッピング先生、そういう態度に出られては、こちらも率直にいわせてもらうしかない。だから単刀直入に申しあげます。あなたはもうしばらく前から、本校における職責を果たしておられない。教育方法も杜撰《ずさん》で旧態依然だ。身のまわりのあれやこれやもだらしがない。しかもあなたは、わたしの命令をずっと無視している。もっと若い教師がおなじ態度を見せたら、ふとどきな不逞《ふてい》のやから、として対処しなくてはならない。それはいただけません。よろしいか、チッピング先生、これだけ長いことわたしがひたすら耐えていられたのも、生まれつき我慢づよいからだということを、ぜひとも理解いただきたい」

「しかし――」チップスは完全に頭が混乱しながらも、そう口をひらいた。それから、ロールストンの常軌を逸した告発の発言から一語を抜きだした。「〝だらしがない〟――うぅむ――そうおっしゃったのかね？」

「いいましたとも。いまお召しのガウンを見るがよろしい。たまさか知っていますが、あなたのそのガウンは四六時中この学校じゅうで笑いものになってるんですよ」

そのことならチップスも知っていたが、それほど重大視されるような嘆かわしい問題だと思ったことはなかった。

チップスはつづけた。「それから――あなたはこうもいいましたね――うぅむ――なんでしたか――〝不逞のやから〟がどうこうと？」

「いやいや、それはあなたのことじゃない。もし若い教師がおなじ態度だったら、そう見なすほかはないといったんです。あなたの場合は、だらしなさと頑迷固陋《ころう》な性分が組みあわさった結果だ。たとえばラテン語の発音の件です――これについてはもう数年前に、ブルックフィールド校全体で新式の発音を採用するようにわたしから求めたはずです。ほかの教師は、わたしの指示にしたがいました。しかしあなたは昔の方法にしがみついたままだ。その結果はといえば、ひたすら混乱と非効率そのものです」

ようやく、チップスにも理解できるがゆえに論じられる話題になった。

「ああ、あのことですか！」鼻で笑うような声で答える。「それなら、わたしは――うぅむ――あの新しい発音には異論があると認めるに――うぅむ――やぶさかではありませんぞ。認めたためしもない。うぅむ――はばかりながらいわせてもらえば、あれはたわごとの山だ。学校を出れば――うぅむ――あとは死ぬまで――うぅむ――かのローマの政治家を話題にするとして――うぅむ――英語流に〝シセロ〟と発音するに決まっているのに、学校でわざわざ新式の〝キケロ〟などという発音を教えるんですから。〝逆に〟という副詞は素直に読めば〝ヴィッシシム〟なのに――なんたること――新式にならって〝われら彼に口づける《ウィ・キッスィム》〟といわせようとするとはね。なんとまあ――なんとまあ」

つかのまチップスはいまいるのが親愛の情に満ちた教室ではなく、ロールストンの書斎だということをうっかり忘れ、ひとりくすくすと含み笑いを洩らした。

「まさにそこですよ、チッピング先生。しかも、それはわたしが苦言を呈していることの一部にすぎん。あなたはひとつの意見に固執し、わたしは異なる意見をもっている。あくまでも折れることを拒むのであれば、選択の余地はないも同然です。わたしの目標は、このブルックフィールド校を新時代に即した学校へと徹底的につくりかえることです。このわたしは科学を身につけた男だ。しかし、学校で古典を教えることに反対はしません──効率的な方法で教えるかぎりはね。すでに死んでいる言語だからといって、時代遅れの死んでいる教育法で教える必要はありません。チッピング先生、わたしが見たところあなたのラテン語とギリシア語の授業は、わたしがここへ赴任してきた十年前とまったく変わっていないのではありませんか？」

　チップスはゆっくりと自信たっぷりに答えた。「それについてはですね──うぅむ──あなたの前任者──ミスター・メルドラム──が当校へ来たときから変わってませんな。あれは──うぅむ──三十八年前か。メルドラム校長とわたしは、ここで——うぅむ——一八七〇年に会ったんです。さらにいえば、わたしの授業要項を最初に承認したのは——うぅむ——ミスター・メルドラムの前の校長、ミスター・ウェザビーでしてな。『きみには四年生にシセロを教えてもらおう』あの人はそうわたしにいった。シセロといったんです——キケロではなく！」

「すこぶる興味深いお話ですが、それもまたわたしの主張の正しさを裏づけるものです——あなたは過去にとらわれすぎていて、現在や未来に充分な目をむけていない。あなたにわかっているかどうかに関係なく、時代は変わっているんです。当世の保護者たちは三年分の学費を払うのとひきかえに、いまの世界ではだれもつかっていないような言語の半端《はんぱ》な知識ではなく、それ以上のものを子供に教えてくれと要求している。そもそも、あなたが教えている生徒たちは、本来学ぶべきことさえ学べていないではないですか。昨年は、上級はおろか、普通級の中等教育修了証書をとれた生徒がひとりもいなかったんですよ」

いきなり、言葉にはできないほど多くの思いが奔流となって胸に押し寄せてくるなかで、チップスは自分を相手にこう答えていた。——あんな試験だの証書だのなんだの、そんなものがなんだというのか？　効率だの時代に即した改革だの——それもまたなんだというのだろう？　ロールストンはブルックフィールド校を工場のように運営したがっている——工場が生産するのは、金と機械を基礎とする俗物文化だ。名家と広大な地所からなる上流階級の伝統が必然ともいえる変化を迎えていること自体には、疑いの余地はない。しかしロールストンはその変化に応じて、公《こう》爵《しゃく》から清掃作業員まであらゆる人々をふくむ真の包括的民主主義にまで枠を広げるどころか、逆に枠を一点にまで狭めている——銀行口座に大金があるかどうかという点だけに。ブルックフィールドにこれほど裕福な家の息子があつまったことはいまだかつてなかった。卒業式あとのガーデンパーティーは、さながら社交界の人々が大勢あつまるアスコット競馬場のようだった。ロールストンがこういった金満家の面々とロンドンのクラブで顔をあわせ、ブルックフィールドこそ将来性のある学校だと説得してまわったからだ。金をもってしてもイートン校やハーロウ校といった名門校に息子を入れられなかった人々は、たちまちこの餌《えさ》に食いついた。なかには、本当におぞましい者もいた——いくら大多数はまっとうな人々だったとはいえ。金貸し、泡沫《ほうまつ》会社の起業屋、あやしげな丸薬の製造業者。そのうちひとりにいたっては、息子に毎週五ポンドもの小づかいをはずんでいた。無作法で……見栄《みえ》っぱり……この時代の狂乱ぶりと爛熟《らんじゅく》した腐敗のすべてがあつまったかのよう……。あるときチップスは、ひとりの少年の苗字《みょうじ》にまつわる冗談を飛ばしたせいで厄介ごとに巻きこまれた。生徒が自宅あての手紙にその一件を書き、父親が怒りの手紙をロールストンへ送りつけてきたのだ。癇癪癖《かんしゃくへき》があってもユーモアのセンスは皆無、分をわきまえたバランス感覚もない――それこそがこういった新興成金の欠点だった。そう、バランス感覚の欠如。バランス感覚こそ、ほかのなにをおいてもまずブルックフィールド校が生徒に教えるべきものだった――これにくらべたら、ラテン語やギリシア語、化学や物理学も重要ではない。そしてこのバランス感覚は、試験問題を出したり証書をあたえたりする方法では、ぜったいに習熟度をはかれない……。

こうした思いのすべてが、抗議と怒りの一瞬のあいだに頭をよぎっていった。しかし、チップスはひとことも口にしなかった。ほつれたガウンの前をかきあわせて、「うぅむ――うぅむ」とつぶやきながら、その場を辞去しただけだった。議論にはもううんざりだった。それでもドアの前でいったん足をとめ、ふりかえってこういった。

「わたしには――うぅむ――辞職のつもりはありません――校長――あなたはあな

たで――この件をお好きなようになさるがよろしい！」

四半世紀という歳月をおいて、このときのことを冷静に思い出せるようになったいまふりかえれば、チップスの心のなかには、なるほど、このときのロールストンをわずかばかり哀れに思う気持ちもないではなかった。なんといってもこの会話の時点では、ロールストンは自分がどれほど強大な勢力を敵にまわしているかをまったく知らなかったからだ。いや、それをいうならチップスもそのことを知らなかった。ふたりともブルックフィールド校の伝統の強靭《きょうじん》さや、この学校がつねに自分を守る姿勢をつらぬいていることも、さらには学校を守る勢力についても、正しく認識していなかったのだ。これはまったくの偶然だったが、この日の午前中、ロールストン校長と会うためにドアの外で順番を待っていた小柄な生徒が、校長とチップスとの面談の一部始終を耳にしていた。少年は当然ながらその内容に昂奮《こうふん》して、友人たちに話してきかせた。その数人が――驚くほどすばやく――それぞれの親にこの件を伝えた。そんな次第で、ロールストン校長がチップスを侮辱して辞職を迫ったという話はたちどころに広まった。結果は驚くべきものだった――たちまちチップスに同情する声が湧《わ》きあがり、チップスに肩入れする人々が一致団結しはじめたのだ。それこそ、チップスがたとえ野放図な想像のなかでも考えなかったほど大きな反響だった。ロールストンがこれほど人望をあつめていないことも、チップスにはいささか意外だった——恐れられ、敬意を払われてはいても、好かれてはいなかったのだ。チップスの問題がもちあがるなり、ロールストン憎しの人々の思いがふくれあがって恐怖に打ち勝ったばかりか、敬意までをも破壊するにいたったのである。ロールストンが首尾よくチップスを学校から追放でもしたら、なんらかの抗議行動のような騒ぎが学校で起こるかもしれないという噂《うわさ》も流れた。またほかの教師たち——大半は年若い男だった——もチップスが救いがたいほど古くさい教師だということには同意しつつ、それでもチップスのまわりにあつまって味方をした。彼らもまたロールストンが教師たちを奴隷《どれい》のようにこきつかうことに憎しみを感じており、チップスという大古参教師が勝者になる機を見てとったのだ。そしてある日、理事長のサー・ジョン・リヴァーズがブルックフィールド校を訪れ、ロールストン校長を無視して、まっすぐチップスをたずねてきた。

「立派な男でしたよ、あのリヴァーズという理事長は」のちにチップスは、このときのことを十回以上もミセス・ウィケットにこう話してきかせた。「学生時代には

――うぅむ――それほど優秀な生徒ではありませんでした。いまでも覚えてますがね、リヴァーズはいつまでたっても――うぅむ――動詞を理解できずじまいでした。それがどうです――うぅむ――新聞で見かけましたが――あの男はいまじゃ――うぅむ――准《じゅん》男爵に叙せられたというじゃないですか。これでどういう人物かはわかりますな――うぅむ――これでわかるはずですよ」

一九〇八年のその日の朝、サー・ジョン・リヴァーズはチップスの腕をとり、ひとっ子ひとりいないクリケット場のまわりを歩きながら、こんな話をしたのだった。

「チップス先生、あなたがロールストン校長からひどい喧嘩を吹きかけられた話をうかがいましたよ。じつにお気の毒なことと思います――しかし、ぜひ知っておいていただきたい。理事会は全員あなたの味方です。われわれも、いまの校長をあまりこころよく思ってはおりません。たしかにすこぶる頭の切れる男、才のある男ですよ――しかし、あえていわせてもらえば、いささか頭が切れすぎる。本人は株に手を出して学校の寄付基金を倍増させたと吹聴《ふいちょう》しています。それは事実かもしれないが、ああいった男には監視の目を光らせておく必要がある。ですから、もしロールストンがあなたを追いだそうとしたならば、〝地獄へ落ちろ〟という意味の言葉をすこぶる丁寧に返してください。理事会としては、あなたに辞職してほしくない。あなたがいなければ、ブルックフィールド校はブルックフィールド校ではなくなってしまいますし、学校の者たちもそのことを知っています。われわれも承知していますす。あなたさえその気なら、百歳まで学校にいていただいてけっこうです――いや、それがわれわれの望みでもあります」

ここにいたって――この話の当時も、そして後年このときのことを回想して話すときにも――チップスは感きわまって言葉をうしなった。

12

そんな次第で、チップスは――できるかぎりロールストンにかかわらないようにしながら――その後もブルックフィールド校にとどまった。一九一一年、そのロールストンが〝自分を向上させるために〟去っていった――もっと名前の通ったパブリックスクールから校長の椅子《いす》をさしだされたのだ。後任はチャタリスという男で、チップスも好感をいだいた。校長になったときのロールストンよりも、さらに若い男だった――このとき三十四歳。きわめて明敏な男だというもっぱらの評判だった――その当否はともかく、現代的で（ケンブリッジ大学を自然科学の優等生として卒業していた）、人あたりがよく、他人の気持ちのわかる人物だった。チャタリスはチップスという人物にブルックフィールドの伝統が息づいていることを認め、賢明にも現況を受けいれた。

一九一三年、チップスは気管支炎になり、冬学期の授業をほぼ休まざるをえなかった。これをきっかけにチップスは、夏学期をおえたら六十五歳で退職する決意をかためた。なんといっても、もう引退してもいい年齢だ。ロールストンの歯に衣着《きぬ》せぬ言葉の影響もそれなりにあった。まっとうに職務をこなせないのなら、学校にしがみついているのは好ましくないと感じられた。そもそも、完全に自分を学校から切り離すことはできなかった。学校とは道をはさんで反対側にある、以前ブルックフィールド校の洗濯室で働いていたすばらしい女性、ミセス・ウィケットの家に間借りすることになったからだ。これなら、その気になりさえすればすぐに学校へ行けるし、ある意味ではいまもまだ自分が学校の一部であると感じることもできた。

そして一九一三年の最後の学期末晩餐会の席で、チップスは退職記念の品を贈られ、自身も退職のスピーチに立った。それほど長いスピーチではなかったが、冗談がふんだんに盛りこまれていた。そのためたびたび起こる笑い声でスピーチが先に進まず、時間ばかりは倍もかかってしまった。ラテン語の引用をいくつかさしはさんだほか、生徒総代についてもスピーチでふれた。この生徒総代は（チップスの）ブルックフィールド校への貢献ぶりを話すにあたって、誇張という罪をおかしていたようだ――そうチップスは語った。

「しかし、それをいうならばです――うぅむ――総代をつとめたあの生徒は――うぅむ――誇張が得意な家系の出身なのです。いまも覚えています――うぅむ――昔――あの生徒の父親を罰したことを――うぅむ――ほかならぬ誇張の罪でです（場内一同は笑った）。父親にはラテン語の翻訳で――うぅむ――一点をつけたのですが、あの男は誇張の罪をおかしましてね――うぅむ――点数の〝1〟に細工をして〝7〟に水増しししたんです！」

場内は大爆笑の渦とやんやの喝采《かっさい》につつまれた。じつにチップスらしい冗談だ、とだれもが思った。

つづいてチップスは自分がブルックフィールド校に四十二年にわたって在職していたと述べ、自分はすこぶる幸せな日々を送ってきたと述べた。

「この学校はすなわちわが人生でした」チップスは簡潔にそういった。「〝ああ、ユピテル神がわたしに時間を返してくれたなら《オー・ミヒ・プレテリトス・レフェーラト・スィ・ユピテル・アノス》！〟……うぅむ――むろん、みなさんにはあえて――訳すまでもないでしょうな……」

場内が笑いにつつまれた。

「このブルックフィールド校に訪れた多くの変化を、わたしは覚えています。いまでも思い出せます――うぅむ――最初の自転車を。ガス灯も電灯もまだなかったころ、この学校にランプボーイの名前で知られる職員がいたことも覚えています――この人は、学校じゅうのランプを掃除したり、芯《しん》を切りそろえたり、火をつけたりすることだけを仕事にしていたのです。また、厳寒の日々が七週間もつづいたある年の冬学期のことも覚えています。運動場では体育がおこなわれず、生徒全員が沼《しょう》沢地《たくち》でスケートを学んだものでした。一八八〇年代のいずれかの年だったと思います。全校生徒の三分の二までが風疹《ふうしん》にかかって、大講堂が大病室に変わったときのことも覚えています。ボーア戦争でボーア人に包囲されていたマフェキングの街が籠城《ろうじょう》戦を戦い抜いて解放されたお祝いに、大きな篝火《かがりび》を焚《た》いたときのことも覚えています。ところが、火がいささか天幕に近い場所だったもので、消し止めるのに消防隊を呼ばざるをえなくなりました。ただ、折あしく消防隊でも祝賀会がおこなわれていましてね。ですから隊員のほとんどは――うぅむ――すっかり出来あがっていましたっけ（ここでも一同は笑った）。ミセス・ブルールのことを思い出したりもします。いまもあの菓子のお店には写真が飾ってありますね。オーストラリア在住の叔父さんから莫大《ばくだい》な遺産をゆずられるまで、あの店で働いていたのですよ。率直に申せば、あれこれのことを本当にたくさん思い出すので、本を書くべきではないかと思うことも珍しくありません。さて、書くとしたらどんな題名がいいでしょう？　教師生活でいちばん印象深いものを題名にするなら……『鞭《むち》と百行清書の思い出』でしょうか？（歓声と爆笑。うまい冗談だ――みんなそう思った――チップスの傑作のひとつだぞ）さて、さて、やはりいずれは本にまとめるべきでしょうな。しかし、わたしとしてはいまここでみなさんにお話ししておきたい気持ちもある。思い出すこと……忘れえぬことはたくさんありますが、わたしの心にいちばん刻まれているのは、みなさんひとりひとりの顔です。みなさんの顔は決して忘れません。わたしの頭には何千人もの顔の思い出がある――本学に学んだ生徒諸君の顔です。これから何年もたったのちに、みなさんのだれかがわたしに会いにきたとします――ええ、みなさん全員が来てくれることを願っていますよ。そのときの成長したみなさんの顔もまた、わたしはなんとか覚えようとするはずですが、どうしても覚えられないことも充分考えられます。そしてまたいつか、みなさんがどこかでわたしと会ったおり、わたしがみなさんを思い出せなかったら、きっとみなさんはこんなひとりごとをいうでしょう——『あのじいさん、おれのことをすっかり忘れてるんだな』と（笑いが起こった）。しかし、わたしはまぎれもなく覚えています——みなさんをいまの姿のままで。肝心なのはその点です。わたしの思い出のなかで、みなさんは決して成長しません。ぜったいに。たとえば、いまでもときおり人からわれらが立派な理事長氏についての話をきかされることがありますが、そのときわたしが思うのは——『ああ、あの頭のてっぺんに髪の毛がつんと突き立っている、小柄で元気な男の子か——動詞的中性名詞と動詞状形容詞のちがいが最後まで理解できなかったあの生徒だ』ということなのです（場内大爆笑）。さて、さて、こんな話ばかりをつづけて——うぅむ——夜が明けてしまっては申しわけない。これからもわたしはみなさんのことを思いますので、みなさんもときおりは、わたしのことを思い出してください。〝いつの日にか、きょうのことを喜ばしく思い出さん《ヘック・オリム・メミニッセ・ジュヴァピット》〟……これもまた、翻訳の必要はありませんな」

この言葉にまたもや盛大な笑い声と歓声が湧きあがり、拍手はいつまでも鳴りやまなかった。

一九一三年八月。チップスは鉱泉による保養のためにドイツのヴィースバーデンへむかった。この地では、ブルックフィールド校のドイツ語教師であるシュテーフェル氏の家に滞在した。シュテーフェルはチップスより三十も年下だったが、それでもふたりはずいぶん親しくなっていた。新学期がはじまる九月になると、チップスはイギリスへ帰国し、ミセス・ウィケットの家に住むようになった。保養休暇を過ごしたおかげで体力も健康もとりもどし、ときには引退などしなければよかったと思うこともあった。それはそれとしても、やるべきことは多かった。新入生ひとりひとりを紅茶でもてなす仕事もあった。ブルックフィールド校の運動場でおこなわれる重要なスポーツ関係のイベントは欠かさず見にいった。一学期に一回は校長との食事会があり、おなじく一学期に一回は教師たちとの会食があった。また校友会名簿の新版の準備や編集の仕事もした。卒業生たちがつくる校友会の会長職も引き受けて、ロンドンの晩餐会へも足を運んだ。ときおりは冗談やラテン語の引用句をたっぷりとまじえた記事を、ブルックフィールド校友会が定期的に刊行している会誌に寄せた。毎朝、タイムズ紙を読むことは欠かさなかった――それもじっくりと考えをめぐらせながら。また探偵小説を読みはじめもした――シャーロック・ホームズものを一篇読み、あまりのおもしろさにこの種の小説のとりこになったのだ。

そう、チップスは多忙な日々を送っていたし、それはまたいたって幸福な日々でもあった。

一年後の一九一四年、チップスはふたたび学年末の晩餐会に出席した。戦争の話題でもちきりだった——アイルランドのアルスターの内乱や、オーストリアとセルビアの紛争などだ。翌日にドイツへ帰国する予定だったシュテーフェルは今回のバルカン半島でのいざこざが拡大することはないだろう、とチップスに話した。

13

そして数年にわたる大戦の日々。

当初のショック、当初の楽観的な見通し。マルヌ会戦、ロシアの圧倒的軍事力《スチームローラー》、キッチナー陸軍元帥《げんすい》。

「先生、今度の戦争は長びくと思いますか？」

今シーズン最初の練習試合を見ていたときにそう質問されて、チップスはいたって威勢のいい答えを口にした。チップスもまた、ほかの数千数万の人々と変わらず、お話にならないほど見立てを誤っていた。しかしほかの数千数万の人々とちがっていたのは、のちに自分の誤りを隠さなかったことである。

「このぶんだと戦争は――うぅむ――おそらく――クリスマスまでには――うぅむ――決着がつきそうではないか。ドイツはすでに叩《たた》きのめされていることだし。しかし、またどうして？　もしかして、きみは――うぅむ――兵隊に志願することを考えてでもいるのかね、フォレスターくん？」
冗談だった――フォレスターはブルックフィールド校はじまって以来の背の低い小柄な新入生で、泥まみれのサッカー靴を履いていても身長はわずか百二十センチほどだったからだ（それでも、あとからふりかえれば上出来な冗談とはいいかねた。この生徒が一九一八年に戦死したからだ。フランス北部のカンブレ上空を飛行中に撃墜されたのだ）。しかし、あいにく人間には先のことなどわからない。ブルックフィールド校の卒業生から最初の戦死者が出たときには、だれもが悲劇に胸を大いに痛めた――九月のことだった。知らせを耳にして、チップスはこう思った――いまから百年前のナポレオン戦争では、この学校の卒業生たちがフランスを敵として戦っていたんだ。ある意味では奇妙なことだ――ひとつの世代の犠牲を、別の世代の犠牲が帳消しにしてしまうこともあるとは。チップスはこのあたりのことを学生寮の寮長であるブレイズに説明しようとした。しかし十八歳ですでに士官候補生としての訓練をはじめていたブレイズは、ただ笑っただけだった。どのみち、歴史なんてものがこれにいったいどんな関係がある？　老いぼれチップスが、またぞろ妙なことを思いついただけ、それだけのこと。

一九一五年。戦線は海からスイスまで膠着《こうちゃく》状態におちいっていた。ダーダネルス海峡の突破作戦の失敗。ガリポリ半島の戦況悪化。ブルックフィールド校のごく近くに急遽《きゅうきょ》、軍の駐屯地が建設された。学校の運動場が、兵隊たちのスポーツや教練のために利用された。急ぎブルックフィールド校内に士官予備養成組織が設立された。若い教師の大多数はすでに出征していたか、そうでなくても軍服をまとっていた。毎週日曜日の夜、礼拝がおわったあとの礼拝堂で、チャタリス校長は戦死した卒業生たちの名前を、簡単な経歴とともに読みあげた。だれもが哀悼の念にことのほか胸を痛めるひとときだったが、バルコニー席の下にあたる最後列の席についているチップスはこんなことを思っていた——若きチャタリス校長にとっては、だれもが名前でしかないし、戦死した者の顔も知らない……しかし、このわたしには彼らの顔が見えてくる……。

一九一六年。……フランスのソンム戦線。日曜日の夜に名前を読みあげられた者は二十三人。

戦況悪化はなはだしいこの年の七月末のある日の午後、チャタリス校長がミセス・ウィケット宅を訪れてチップスに相談があるといった。過労と心痛は明らかで、体調を崩していることは見た目でわかった。

「あなただから正直に話しますよ、チッピング先生。ありていにいって、ここにいては心が安らぐひまがまったくありません。ご承知のように、わたしはいま三十九歳で独身です。そんなわたしの身の処し方にもの申したい人が世間には大勢いるようですね。わたしにはたまさか糖尿病という持病があります――それこそ、節穴同然の目しかない軍医が検査しても不合格になるくらいです。しかし、だからといって自宅の玄関にわざわざ診断書を貼《は》りだしておく理由もありません」

チップスはこういった事情についてなにも知らなかった。チャタリスには好意をいだいていただけに、この話はショックだった。

そのチャタリスはなおも言葉をつづけた。

「どういうことかはおわかりでしょうね。ロールストン前校長は教員室に若い教師をたくさんみちびきいれました――ええ、いうまでもなく、みな立派な教師でした。ところが、いまではそのほとんどが兵隊になっていて、代わりにやってきた代用教員たちときたら、目もあてられないお粗末な連中ぞろいです。先週のある日にいたっては、夜の予習時間に代用教員たちが生徒のうなじから背中にインクを流しこむという真似《まね》をしました。馬鹿《ばか》にもほどがある。手のつけられない騒ぎになりました。そんな馬鹿連中にかわって、わたしが授業をうけもち、予習を監督しなくてはなりませんし、毎晩遅くまで仕事にかかりきり……そのうえ国民の義務である徴兵から逃げている怠け者として、まわりから冷たくあしらわれているしまつです。もうこの先あまり長くは耐えられそうもありません。次の学期で事態が改善されないかぎり、神経をやられてしまいそうです」

「あなたには心の底から同情しますよ」チップスはいった。

「そうしていただけるとありがたい。そのお言葉がいい機会ですから、こちらにどんな用件でうかがったのかを話させてください。わたしの提案を手短にまとめますと――もし仕事をやってのけられるとお感じになり、またその意向があるのなら、しばらくのあいだブルックフィールド校へ復帰していただけないでしょうか？　見たところはお元気そうですし、いうまでもなく学校内部のことにも通じておられる。いいえ、大変な仕事を全部あなたに押しつけるつもりはありません――体を酷使するような仕事をする必要はありません。簡単な仕事をあちこちで、気がむいたときにやっていただければけっこうです。なにをおいてもやっていただきたいのは、そういった普通の仕事ではない——もちろん、なにかしていただければ大助かりですが、あなたにはほかの面でのお力添えをいただきたい——そう、ブルックフィールド校にあなたがいるという事実をもって。これまで、あなたほどの人気教師はいませんでしたし、いまもその人気に変わりはありません——あなたなら、学校がばらばらに吹き飛びそうな危険に直面しても、学校をしっかりと束ねておけるでしょう。いえ、仮定の話ではなく、そういった危険はげんに存在しているのです……」

　チップスは聖なる喜びに胸をいっぱいにしながら、息を弾ませて答えた。「ええ、わたしでよろしければ……」

14

ミセス・ウィケットの家の部屋を借りて暮らしていることは変わらなかったが、いまではチップスは毎朝十時半ごろにコートを着てマフラーを巻き、道の反対側にある学校へと足を運ぶようになった。体はいたって健康だったし、重荷になるような仕事はいっさいなかった。ラテン語とローマ史の授業をそれぞれ数コマ受けもっただけ。授業の中身は昔と変わらず、さらにいえば発音法も昔とおなじ。例のカヌレイア法にまつわる冗談もおなじだったが、きかされるのは冗談を知らない新しい世代だったし、これが大成功をおさめると、チップスはやけにうれしくなった。なんとなく、一度は最後の公演を大成功のうちにおわらせて引退したものの、そののち舞台に復帰したミュージックホールの人気芸人にでもなった気分だった。

まわりの者はみな、チップスが生徒全員の顔と名前をたちまち記憶するさまがいかに驚くべきものかを話していた。ただし、チップスが道ひとつへだてただけの家に住み、これまでも学校と深いつながりをもちつづけていたことにまで思いをはせる者はいなかった。

　チップスは大成功をおさめた。その方法こそいささか奇妙だったが、チップスは学校の役に立ったし、まわりのだれもがそのことを知り、感じていた。チップスは生まれて初めて、自分が必要とされていると感じた――それも、自分の心にいちばん近いところにあるものから必要とされているのだ。世界じゅうさがしても、これ以上に崇高な気分はどこにもない。チップスはとうとうその気分をわがものにした。

　さらに新作の冗談も口にしていた――学内の士官予備養成組織や食糧配給制度、空襲にそなえて明かりが外に洩《も》れないよう窓にはめこむ防空ブラインドなどにまつわる冗談だった。月曜日の学校食堂のメニューに正体不明のリソール――パイ生地に詰め物をして半月の形にして揚げた料理――が登場するようになると、チップスはラテン語をもじって〝ニクらしい肉《アブホーレンダム》〟と呼んだ。この一件は学校じゅうに広まった――チップスの最新作をきいたかい？

　一九一七年の冬のさなかにチャタリスが病で伏せたのをうけ、チップスは生涯で二度めにブルックフィールド校の臨時校長の職についた。四月にチャタリスが病死すると、理事会はチップスに〝いましばらくのあいだ〟現職にとどまってくれと要請した。チップスは、自分を正式な校長に任命しないでくれるなら、いまの仕事をつづけると返事をした。教師としての最後の栄誉にいよいよ手が届くというこのとき、チップスは自分が多くの面で校長の職責を果たせないと感じ、とっさに身を縮こまらせたのだ。

チップスはリヴァーズ理事長にこう話した。「おわかりのように、わたしはもうすっかり年寄りでしてね――うぅむ――まわりの人からあんまり期待されるのが重荷なんですよ。いってみれば、右を見ても左を見ても目につく新任の大佐や少佐みたいなもの――戦争のおかげで運に恵まれただけの人間です。兵卒でおわるところを人材不足で将校にしてもらった――それがわたしです」

一九一七年。一九一八年。そのあいだもチップスは生き抜いた。毎朝、校長室にすわって問題を処理したり、苦情や要請に対処したりした。これまでの豊富な経験から、ぬくもりに満ちた静かな自信の念が生まれでてきていた。バランス感覚を守ること――それがいちばん大事だった。世界のほとんどが、その感覚をうしなっている時代だった。だからこそ、バランス感覚がすんなりなじむ場所では、その感覚を守っていたほうがいいし、また守っているべきでもあった。

日曜日の礼拝堂で、悲しい名簿を読みあげるのはチップスの仕事になった。名前を読みあげながらチップスが涙を流し、声をあげて泣くこともあった。まあ、それも当たり前だろうな――学校内にはそんな声もあった。年寄りなのだから仕方がないさ。人前で泣くような弱い人間は、年寄りでなければ彼らから軽蔑《けいべつ》されていたかもしれない。

ある日のこと、チップスのもとにスイスに住む友人から手紙がとどいた。手紙はたっぷりと検閲されていたが、それでもいくつかの知らせを読みとることができた。次の日曜日、チップスは卒業生の名前とその略歴を読みあげたあとで、いったん間をおいてから、こう言葉をつづけた――

「戦争前からこの学校にいる方のなかには、ドイツ語教師のマックス・シュテーフェルのことをご記憶の方もいるでしょう。今般の戦争がはじまったおり、シュテーフェル先生はドイツに帰国して故郷をたずねておりました。当校にいるあいだは人気のある教師で、多くの友人に恵まれてもいました。先生をご存じの方には残念なお知らせですが、そのシュテーフェル先生が先週、西部戦線において戦死なさったとのことです」

話をおえて席にもどったとき、チップスはわずかに青ざめていた。自分がいささか異例なことをしてしまったのはわかっていた。ともかく、事前にだれかと相談したわけではない。だから、自分以外の人が責任を追及されることはなかった。そのあと礼拝堂から外へ出ると、こんな会話が耳にはいってきた。

「チップスは西部戦線といってたな。つまり戦死した人は、ドイツ軍のもとで戦っていたわけだろう?」

「ああ、そうなるだろうね」

「だったら変な話だ――その人の名前をほかの戦死者といっしょに読みあげるなんて。だって、その人は敵じゃないか」

「ああ、チップスの例の妙な思いつきというだけじゃないのか。あのじいさん、いまでも妙なことをひょいと思いつくからね」

校長室にもどったチップスだったが、この意見にも格別気分を害したりはしなかった。そう、いまでも妙なことを思いつく――この狂乱の世界において、ますます珍しくなる一方の威厳と寛容の精神についての考えなどだ。チップスは思った――ブルックフィールド校はそういったことを学ぶだろう。それもわたしから。しかし、わたし以外の者がブルックフィールド校にそれを教えるとは思えない。

以前、クリケット観覧席に近いところでおこなわれていた銃剣術の訓練について意見を求められたことがあった。そのときチップスはものうげで、わずかに喘息《ぜんそく》めいた息の音がまじる口調で――生徒たちからしじゅう大げさに真似をされていた例の口調で――こう答えた。

「あくまでも――わたしの意見ですが――ぅぅむ――人を殺す方法としては、きわめて野蛮なものに思えますすな」

このチップスの発言は人づてに広まり、大いに人々を愉快にさせた――なにせチップスが陸軍省の大物にむかって、銃剣による戦いは野蛮だといってのけたのだから。いかにもチップスらしい。そして人々はチップスにぴったりの形容詞を見つけだした。このころ、つかわれだしたばかりの形容詞だった。それによれば――チップスは〝戦前派〟だった。

15

　そしてまたある満月の晩、チップスが四年下級のラテン語の授業をしているときに空襲警報が鳴りはじめた。ほとんど即座に応戦の砲撃が開始された。校舎の外に榴散弾《りゅうさんだん》の破片がばらばらとたくさん落ちてくるにおよんで、チップスは自分たちがいるこの場から——校舎一階の教室から——へたに動かないほうがいいと判断した。校舎は頑丈なつくりだし、ブルックフィールド校全体でも簡易防空壕《ぼうくうごう》の役目をいちばん果たしてくれる場所だ。どのみち、もしなにかに直撃されたら——それがどんなものであれ——とうてい生き延びられる見込みはない。

　そこでチップスはラテン語の授業をつづけた——轟《とどろ》きわたる対空砲火の砲撃音や高射砲の砲弾が空《くう》を切り裂く鋭い音のなかで、わずかに声を高めながら。浮き足立っている生徒もいたし、授業に集中できない生徒もちらほら見うけられた。

チップスはおだやかに話しかけた。「ロバートスン、きみにはこんなふうに思えているのかもしれないね——世界の歴史において重要きわまるいまこの瞬間とくらべたら——うぅむ——約二千年の昔のガリアでシーザーがなにをしていようとも——うぅむ——そんなことはさして重要ではないし——さらにいえば——うぅむ——〝運び去る《トルロ》〟という動詞の不規則活用など——うぅむ——それ以下の意味しかない、とね。しかし、わたしの言葉を信じてほしい——うぅむ——ロバートスンくん——その考えはまちがいだよ」

チップスがここまで話したとき、ことのほか大きな爆発音が響いてきた——それもすぐ近いところから。

「物事にどれほどの意味があるかを見さだめるにあたって——うぅむ——それがどれほど騒々しい音をたてるかを物差しにしてはならん。そう、そんなことはぜったい禁物だ」

控えめながら、含み笑いの声がきこえた。

「そしてこういったことは——うぅむ——数千年の長きにわたって意味をもちつづけているものは、そうあっさり吹き飛ばされはせん——薬品の悪臭ふんぷんたるどこその化学屋風情《ふぜい》が——そいつの実験室あたりで——なにやら新種の害毒を発明したくらいではね」

　落ち着かなげな忍び笑いが広がった。〝化学屋〟というのは、バッフルズという科学の教師——顔色がわるくて痩《や》せこけ、健康上の理由で兵役につけなかった男——につけられた綽名《あだな》だったからだ。またしても爆発音——ひとつ前よりもさらに近いところで。

「それでは——うぅむ——勉強を再開しよう。いずれまもなく、われわれが——うぅむ——中断を余儀なくされる運命にあるとしても、せめてわれわれが——うぅむ——真の意味でこの場にふさわしいことに打ちこんでいるさなかにしたいではないか。さて、口頭での解釈をやってみようという者はいるかな？」

　ずんぐりした体形で鼻っ柱が強く、頭は切れるが、おっちょこちょいなところもあるメイナードという生徒がいった。「ぼくがやります、先生」

「よろしい。では教科書の四十ページをひらき、いちばん下の行から訳したまえ」

　あいかわらず、耳もつぶれそうなほどの爆発音がつづいていた。校舎全体が基礎から浮きあがりそうなほど揺れていた。メイナードは少し先の指示されたページをひらくと、甲高《かんだか》い声でラテン語を訳しはじめた。

「〝ゲヌス・ホック・エラット・プグネ〟――これが戦いの方法である。〝クォ・セ・ゲルマーニ・エクセルクェラント〟――ゲルマン人……つまりドイツ人が……忙しく進めていたところの。そうか、先生。これはすばらしいですね――いや、じっさいほんとうに愉快です、先生――先生の最高傑作のひとつ――」

生徒たちが笑いはじめると、チップスはこういい添えた。

「けっこう――うぅむ――これで――きみたちにもわかっただろう？　現代では死語とされるこういった言葉でも――うぅむ――ときには――こうして生き返ることもある、と。どうかな？」

あとになって、ブルックフィールド校の敷地のなかや周囲に合計で五発の爆弾が落ちたことがわかった。そのうちひとつは学校の運動場のすぐ外で爆発していた。死者は九人だった。

このときの話は口づてにどんどん広まり、そのたびに尾鰭《おひれ》がついていった。

「あのじいさん、眉毛《まゆげ》一本動かさなかったぞ。それどころか大昔の本から、いまなにが起こっているのかを解き明かす一節を見つけだしてきた。シーザーの本で、ドイツ人がどんなふうに戦ったかっていう一節だよ。シーザーの本にそんなことが書いてあるなんて、普通思うかい？　それにチップスの笑いぶりといったら……ほら、あのじいさんがどんなふうに笑うかは知ってるだろう？　顔じゅうを涙で濡《ぬ》らして笑ってた……あんなふうに大笑いするチップスを見たのは初めてでさ……」

チップスは伝説になっていた。

ぼろぼろになっている古いガウン、わずかに足もとの怪しくなりはじめた歩きぶり、鉄縁《かなぶち》眼鏡の縁ごしにのぞくやさしげな目、妙にユーモラスな話しぶり……いまやブルックフィールド校は、それ以外のたたずまいのチップスを受け入れない学校になっていた。

一九一八年十一月十一日。

ドイツと連合軍の休戦協定調印というニュースが朝のうちにもたらされ、きょう一日は休校になることが宣言された。食堂の配膳《はいぜん》係には、戦時下の配給制度のもとで可能なかぎり豪勢な食事を用意するようにという指示が出された。大食堂には歓声と歌声がふんだんに響きわたり、パン投げ合戦がおこなわれた。この騒ぎのさなかにチップスが食堂へはいっていくと、あたりは一瞬にして静まりかえり、一拍おいて湧きあがった喝采《かっさい》はいつまでもやまなかった。その場のだれもが、勝利のシンボルを見つめるかのように熱く輝く目をチップスにむけていた。チップスは、その場でスピーチをするような物腰で演壇に近づいた。一同は静まりかえってチップスの言葉を待った。しかしチップスはしばしののちに頭を左右にふり、笑顔をのぞかせて、その場を離れてしまった。

じっとりと湿った霧の日だった。学校の中庭を横切って大食堂に来るまでのあいだに、チップスは悪寒《おかん》をおぼえていた。翌日、チップスは気管支炎を起こして寝こんでしまい、そのままクリスマスまでベッドを離れられなくなった。しかしチップスは、あの十一月十一日の夜、大食堂をあとにしたのちに理事会へあてて辞表を発送していた。

クリスマス休暇が明けて新学期がはじまると、チップスはミセス・ウィケットの家へもどった。チップス自身の要請で、送別会もおこなわれなければ退職記念品の贈呈もなされなかった。ただ、後任の校長とチップスが握手をかわし、学校の公式用箋《ようせん》の〝臨時校長〟から〝臨時〟の文字が消されただけだった。〝しばらくのあいだ〟は、こうしておわりを告げた。

16

それから十五年がたったいま、チップスは尽きることのない奥深い平穏な心をもって往時のすべてを思い出せるようになっていた。もちろん、病気とは無縁だった――おりおりに多少の疲れを感じ、冬場には息が苦しくなる程度ですんでいた。外国旅行をするつもりはなかった――以前に一度だけ海外へ行ったが、折あしくリヴィエラが観光用の宣伝から周到に除外している寒い時期にあたっていた。

「まあ、風邪をひくのなら――うぅむ――できれば――うぅむ――自分の国でひいたほうが好ましいね」旅行のあと、それがチップスの口癖になった。

東の風が吹きはじめるおりには健康に留意する必要こそあったが、じっさいには秋と冬はそれほどつらくなかった。煖炉《だんろ》のぬくもりがあり、書物があり、なにより夏のおとずれを楽しみに待つことができた。むろん、いちばん好きなのは夏だった。

天候が肌にあっていたこともあるが、それをおいても卒業生たちがひっきりなしに訪問してくれるからだった。週末に車でブルックフィールドまでやってきて、チップスの家をたずねる卒業生もいた。一度にあまり大勢に押しかけられれば、気疲れすることもないではなかったが、本心から気にかけてはいなかった。いつでも客人が帰ったあとで体を休め、寝ることができた。なにより、卒業生がたずねてくるのは楽しかった――この世界にはまだ楽しむべきことが残っているとはいえ、そのすべてにまさる楽しさだった。

「ああ、グレッグスン――うぅむ――きみのことは覚えているよ――うぅむ――なににつけても遅れがちだった男の子だね――え、そうだろう？　見たところ、きみは――うぅむ――年をとるのも遅れがちのようだ――うぅむ――わたしとおなじだね――え、そうだろう？」

後刻、客が帰ってチップスがひとりになったところへ、ミセス・ウィケットが茶器などの片づけにやってきた。

「ミセス・ウィケット。グレッグスンくんが来てくれましたよ――うぅむ――あの子のことは覚えてるでしょう？　背が高くて眼鏡をかけていた子で、いつも遅れてばかりいた。うぅむ。たしか――うぅむ――国際連盟で仕事をしているとかでね――まあ、あそこなら――うぅむ――なににつけ遅れがちなのろまなところも――まわりから気づかれずにすみそうだ――でしょう？」

そして点呼の鐘が鳴ると、窓辺に近づいて道の反対側にある学校のフェンスのさらに先へと目をやることもあった。そうすると、一列になってベンチの前を通りすぎていく生徒たちの姿が小さく見えた。新しい時代、新しい名前……しかし、昔の名前もまだ残っていた……ジェファースン、ジェニングズ、ジョリオン、ジュップ、キングズリーその一、キングズリーその二、キングズリーその三、キングストン……みんな、いまどこにいる？　どこへ行ってしまった？……ミセス・ウィケット、お手間でなければ、自習時間の前にお茶を一杯いただけますかな？

戦後の十年は、騒々しい変化と適応不良のうちにたちまち過ぎていった。その歳月を生きたチップスは、海外へ目をむけたさいに深い失望を感じないではいられなかった。ルール占領、チャナック危機、コルフ島事件。世界の先行きに不安を感じさせるばかりの出来事があいついだ。しかしブルックフィールドにいるチップスのまわりには――いや、視野を広くとれば、イギリスには――古いがゆえに、そしていまもまだ生きのびているがゆえに、チップスの心を魅了するものが残っていた。チップスの目にうつる世界は混乱の度をいやますばかりであり、イギリスはそんな世界にもう充分献身したように——いや、過分なほど献身したように——思えた。しかし、ブルックフィールド校には満足だった。この学校は、歳月と変化と戦争の試練を耐え抜いたものにしっかりと根をおろしていた。おもしろかったのは、こういった深い意味あいにおいて、この学校がどれほど変わらなかったかという点だった。生徒たちは前よりも礼儀正しくなった。力によるいじめがなくなり、口汚い罵《ののし》りや小ずるい悪さが増えた。教師と生徒のあいだの友好の情は一段と深まった——前者の偉ぶった態度が減り、後者のおもねりが減ったのだ。オックスフォード大学を出たばかりで着任した新人教師にいたっては、六年生のクラスに自分のことを洗礼名で呼ぶことさえ許した。チップスはこれに首肯しかねた——いや、じっさいにはわずかながらショックを感じさえした。

「ひょっとしてあの先生は——うぅむ——学年末の成績表にも——うぅむ——末尾に〝あなたの親愛なる先生より〟とかなんとか——書き添えるのだろうかね——えぇ——えぇ？」チップスはそんなことを人に話した。

一九二六年の〈総罷業《ゼネラル・ストライキ》〉のあいだ、ブルックフィールド校の生徒たちは労働者に代わって食料品を貨物列車に積みこむ仕事をおこなった。ストライキがおわると、チップスは戦争このかた体験しなかったような動揺に見舞われた。なにかが起こった……それも、その窮極の意味をだれもがいまだにはかりかねているような出来事が。ひとつだけ明らかなことがあった——ここでもまた、イギリスはみずからの力だけを頼りに立ち直ったのだ。その年の卒業式にひとりのアメリカ人が来賓としておとずれ、ストライキがこの国にどれほど多大な経済的損失を与えたかに重点をおいたスピーチをおこなうと、チップスはこう答えた。

「おっしゃるとおり。しかし——うぅむ——宣伝には——多大な金がかかると決まっているのではありませんか?」

「宣伝というと?」

「え、あれもまた宣伝——それも、じつに見事な——宣伝だったのではないですか? 一週間もストライキがつづきながら——うぅむ——ひとりの死者も出なかったばかりか——一件の発砲さえなかったんですよ! あなたのお国だったら——うぅむ——もっとたくさんの血が流されたのではないですか——うぅむ——禁制品の酒めあての者が一軒の酒場を襲撃するだけでもね！」

爆笑……爆笑……チップスの行くところ、かならず爆笑の渦だった。チップスはすばらしい道化師だという評価を確立し、おどけた言葉を口にすることを期待された。会合でチップスがスピーチのために立ちあがれば、いや、テーブルごしにチップスがだれかに声をかけただけでも、人々は心と顔の両方で冗談にそなえた。そもそも最初から笑いたがっている人々である。笑わせるのは造作もなかった。ときには、チップスがおちの文句を口にする前から笑う者が出るしまつだった。

「チップスじいさんは絶好調だったな」そういった会合をおえると、人々はそんなことを話した。「どんな物事にも笑える一面を見つけだすんだから。びっくりだよ……」

一九二九年を過ぎると、チップスはブルックフィールドの町を離れなくなった。ロンドンでひらかれる校友会の晩餐会《ばんさんかい》にも出なくなった。風邪を用心していたのもあるし、夜遅くの外出にかなりの疲れを感じるようにもなっていたからだ。それでも天気のいい日には道をわたって学校に顔を出したし、自室ではあいかわらず幅広い顔ぶれの客をあたたかくもてなしつづけた。体にはこれといって不具合はなく、いかなる個人的な心配事もなかった。収入は必要をおぎなってあまりあるものだった。ささやかな私財は一流の株に投資していたが、世界大恐慌《だいきょうこう》の影響はうけずにすんだ。チップスはあちこちに多くの寄付をしてもいた――かわいそうな身の上話をたずさえてチップスをたずねてきた人、さまざまなブルックフィールド校関連の基金、さらにブルックフィールド校が運営する社会救済施設にも。一九三〇年になると、チップスは遺言状を準備した。前述の施設とミセス・ウィケットにいくばくかの金を遺贈し、残りは全額、だれでも有資格者になれる一般奨学金の設立にあてることにした。

一九三一年……一九三二年……。

「アメリカのフーヴァー大統領をどう思われますか？」

「どうでしょう、金本位制へ回帰するべきだとは思われますか？」

「いまの世の中全般についてはどうお考えですか？　雲の切れ間が見えていますでしょうか？」

「世界の潮流はこれからどちらの方向へ変わりますか、チップスさん？　あなたのように経験豊富な方ならおわかりでしょう」

だれもがチップスにさまざまな質問をした。まるでチップスが予言者と百科事典をあわせた存在だとでもいうように――いや、それ以上の存在だった。というのも質問をする人々は、チップスが冗談という皿に答えを盛りつけることを期待していたからだ。たとえばチップスはこんなふうに答えた――

「そうだね、ヘンダースン、わたしがいまよりも――うぅむ――ずっと若かった時分には、四ペンス出せば九ペンスを払うと約束する者がいたものだよ。その約束を守ってもらって――うぅむ――金を受けとった者がいるかどうかは知らない。しかし――うぅむ――当節の政治家は、そのあたりの問題をうまく解決したようじゃないか――うぅむ――九ペンス巻きあげて、四ペンス払うという手段でね」

金本位制の停止を皮肉ったこの冗談も笑いを誘った。

また学校のなかをそぞろ歩いているときなどに、ちょっと生意気なところのある生徒が質問してくることもあった。それも、ただチップスの〝最新作〟を仕入れてふれまわるという楽しみだけが目当てだった。

「失礼します、先生。ロシアの五カ年計画をどう思いますか？」

「先生、ドイツはまた戦争をしたがっていると思われますか？」

「新しくできた映画館にはもう行かれましたか？　ぼくは先日家族と行ってきました。ブルックフィールドみたいな小さな町にはもったいないくらい豪勢な映画館ですよ。ワーリッツァーがあるんです」

「それでその——うぅむ——いったいなにかね、その——ワーリッツァーというのは？」

「オルガンです、先生。映画館用のオルガンです」

「なんということと……大きな立て看板でその名を見たことはあるね、てっきり——うぅむ——あれは一種の——うぅむ——ソーセージだとばかり思っていたよ」

笑い……みんな、チップスの新しい冗談を仕入れてきたぞ。めちゃくちゃよくできた冗談さ。あのじいさんに、新しい映画館の話をきかせたんだよ。そしたら……。

17

一九三三年十一月のある日の午後、チップスはミセス・ウィケットの家の応接間にすわっていた。肌寒い霧の日で、外に出たくはなかった。十一月十一日の休戦記念日以来、体調がどうにも思わしくなかった。礼拝堂での礼拝のあいだに軽い風邪にでもかかったのかもしれない。この日の午前中にはメリヴェイル医師がたずねてきて、二週間に一度の例のおしゃべりをしていった。どこかおかげんのわるいところはありませんかな？　食欲はありますか？　そうするのがいちばんだ――こんな天気の日には家にこもっているほうがいい。ずいぶん流感がはやっていますからね。いやはや、わたしも一日か二日でいいから、いまのあなたと人生をとりかえて暮らしてみたいものですよ。

わが人生……それにしても、なんという人生だったことか！　その日の午後、煖炉の前にすわっていると、これまでの人生のすべてがパレードのように目の前を通りすぎていくのが見えた。かつての自分がしたことや見たこと――一八六〇年代のケンブリッジ。あの八月の朝のグレートゲイブル山。一年を通じてあらゆる時間、あらゆる季節のブルックフィールド校。そして、それをいうなら自分がやらなかったことや、いまとなってはもう遅きに失して、結局やらずじまいになりそうなことなども――一例をあげるなら飛行機での旅は経験していないし、トーキー映画も見たことがなかった。その意味では、学校の新入生よりも経験を積んでいる一方で、彼らよりも経験が浅いともいえる。それこそ――老齢と若さのこのパラドックスこそ――世界が進歩と呼ぶものの実体だ。

ミセス・ウィケットは、隣村にある親戚《しんせき》宅を訪問中で留守だったが、紅茶の道具一式やパンとバターをテーブルに用意していたばかりか、不意の来客にそなえて、よぶんのカップもそろえてくれていた。とはいえ、こんな日には客が来るとも思えない。戸外で霧が刻一刻と濃くなっていることを思うなら、このままだれも来ないかもしれなかった。

しかし、そんなことはなかった。四時まであと十五分ほどというころ、玄関の呼び鈴が鳴ってチップスがみずから玄関まで出ていくと（家にひとりでなければやらなかったことだ）、ブルックフィールド校の帽子をかぶり、気おくれした心もとない表情をのぞかせている小柄な少年と顔をあわせた。

「失礼します」少年は口をひらいた。「あの、チップス先生のお宅はこちらですか？」

「うぅむ――ま、家へはいってもらったほうがいいだろうね」チップスは答えた。ふたりで自室へはいると、チップスはこういい添えた。「このわたしが――うぅむ――きみのお目当ての人物だよ。さてと、きょうはまた――うぅむ――どんな用で来たのかな？」

「先生がぼくに会いたがっているといわれました」

チップスは微笑《ほほえ》んだ。古くからある冗談――昔ながらのひっかけだ。ほかの人はいざ知らず、少年のころさんざん昔ながらのいたずらをやらかしたチップスには、この生徒に文句をいうわけにはいかなかった。それに相手が冗談を仕掛けてきたら、それを上まわる冗談を仕掛けて――ある程度まで――やりこめるのも楽しい。こんな年寄りでも、まだまだ若い者には負けないことを示してやれる。そこでチップスは目をきらきらさせながら答えた。

「ああ、そのとおりだったね。きみにお茶をつきあってほしいと思っていたんだ。さあ、もっと――うぅむ――煖炉の近くへ来たまえ。うぅむ――どうもきみは、初めて見る顔のようだ。なぜこれまで会っていなかったのかな？」

「学寮病院《サナトリウム》から退院したばかりなんです――今学期のはじめから、はしかでずっと入院していたもので」

「なるほど、それで事情がわかったよ」

チップスはいくつもの容器にはいっている茶葉をブレンドするという、儀式めいた作業にとりかかった。都合のいいことに、ピンクの糖衣のかかった胡桃《くるみ》のケーキが食器棚にまだ半分残っていた。話をするうちに生徒の名前がリンフォードで、実家はイングランド中西部のシュロップシャー州にあり、これまで身内からブルックフィールド校に進んだ者はいなかったことなどがわかってきた。

「いっておけばね――うぅむ――リンフォードくん――いずれこの学校に慣れれば――きっとブルックフィールド校のことが好きになるよ。きみがどう考えているかはともかく――その半分も怖いところじゃない。どうかな、学校のことで少し心配してるんだろう――ね、そうじゃないか？　かくいうわたしもそうだった――最初に来たときは。しかしそれももう――うぅむ――ずっとずっと昔の話だ。正確にいうと――うぅむ――六十三年前だよ。初めて大講堂に――うぅむ――足を踏み入れて――うぅむ――生徒たち全員と顔をあわせたときには――嘘《うそ》じゃない――怖くて身がすくんだものさ。もっとはっきりいえば――うぅむ――あんなに怖かったことは、あとにも先にもなかったと思う。戦時中に――うぅむ――ドイツ軍が爆弾を落としてきたときだって、あれほど怖くはなかった。でもね――うぅむ――そんなにつづくものじゃない――怖がっている気持ちはね。わたしはたちまち――うぅむ――この学校にすんなりなじんだとも」

「その学期には、おなじような新入生がたくさんいたんですか？」リンフォードはびくびくしながらたずねた。

「え？　いやいや――これはしたり――そのときのわたしは生徒じゃなかった――大人だったんだ――二十二歳の若者だよ！　だからね、今度若い人が――新任の先生が――大講堂で予習を見てくれたときには――うぅむ――その先生がどんな気分なのか――ちょっとくらい考えてみたらいい」

「でも、先生、そのとき二十二歳だったとすると——」

「なにかな？　え？」

「いまの先生は——その——ずいぶんなお年寄りにちがいありません」

チップスはひとり静かに、長いことただ笑っていた。なかなか冴《さ》えた切り返しだ。

「そうだね——うぅむ——ま、どう考えたところで——ひよっ子とはいえんな」

それからも長いあいだ、チップスはひとり静かに笑っていた。

ついでチップスはほかの話題を出していった。シュロップシャー州、さまざまな学校や学校生活全般、きょうの新聞のニュースあれこれ。

「これからきみたちは成長していき——うぅむ——問題だらけの世界へと旅立っていくわけだ。ひょっとすると、きみたちが世間に出ていくころには——うぅむ——そんな問題も多少は解決されているかもしれん。ともあれ——そうなることを——うぅむ——期待しようじゃないか」

ついでチップスは掛け時計を一瞥《いちべつ》し、昔からお馴染《なじ》みになっている例のフレーズを口にした。

「心苦しいのだけれど——うぅむ——すまないね——そろそろお引きとりを願わな

くては……」

　正面玄関で、チップスは少年と握手をかわした。

「さようなら、坊や」

　澄んだボーイソプラノがこれに応《こた》えた。「チップス先生、さようなら……」

　ふたたび煖炉前の椅子《いす》に腰をおろしたときにもまだ、心の回廊には少年の言葉がこだましていた。

「チップス先生、さようなら……」

　昔ながらのひっかけだ――新入生に、チッピングではなくチップスが本名だと思いこませるいたずら。これは学校の伝統といえるまでになっていた。チップスはまったく気にしていなかった。

「チップス先生、さようなら……」

　そして思い出すのは結婚式前夜、キャサリンがおなじ言葉を口にしたときのこと。あのころチップスは生まじめな堅物で、キャサリンはそんなチップスをやさしくからかった。いまチップスは思った――昨今じゃ、わたしを堅物呼ばわりする者はいないだろうな、ああ、それだけは確かだ。

ふいに涙がいく粒もはらはらと頬をつたって流れ落ちてきた——年をとって涙もろくなっているのだ。愚かしいと見る者もいるだろうが、涙をこらえられなかった。体の芯《しん》から疲れを感じた。リンフォードという少年と話をしたせいで、こんなにも疲れてしまった。それでもリンフォードと会えたことはうれしかった。気立てのいい少年だ。きっと、うまくやっていくだろう。

すっかり立ちこめた霧の彼方《かなた》から、点呼を告げる鐘の音がくぐもり、ふるえながらきこえてきた。チップスが窓へ目をむけると、外はしだいに暗く翳《かげ》って宵闇《よいやみ》がすぐそこにまで迫っていた。明かりをつける時間だ。しかし体を動かそうとしたとたん、いまは無理だとわかった、あまりにも疲れが激しかった。しかし、明かりはどうでもいい。チップスは背もたれに体をあずけた。ひよっ子とはいえない——ああ、たしかに——たしかにそのとおり。リンフォードとのひとときでは楽しい思いをさせてもらった。あの少年をかついで、ここへ送りこんできたいたずら者たちの上をいってやれた。チップス先生、さようなら……ただひとつ、リンフォードがその言葉をあんな調子でいったことだけが妙だった。

18

ふと目が覚めると——というのは、どうやらいつしか寝入っていたようだからだ——ベッドに横たわっていた。メリヴェイル医師が近くに立ち、上体をかがめて笑顔でチップスの顔をのぞきこんでいた。

「いい年をして、あんたも人がわるい——ご気分はどうですか？　まったく、おかげでみんな、どんなに驚かされたことか！」

ややあってチップスは小声で答えたが、われながら声に力がはいらないことが驚きだった。「なんでまた——うぅむ——なにが——なにがあったんだね？」

「なに、ちょっと気が遠くなっていただけです。ミセス・ウィケットが帰ってきて、あなたのようすに気づいたんですな——気づいてくれてよかった。さあ、もう大丈夫。無理は禁物ですぞよ。なに、眠かったら、また寝ればいいんです」

これほど魅力的な提案をしてくれる人がいたことがうれしかった。体にまったく力がはいらなかったので、こまごまとしたことで頭を悩ませる余裕はなかった——たとえば、自分がどんなふうに二階へ運びあげられ、ミセス・ウィケットがどんな話をしたのかとか、そのたぐいのことだ。しかし、ふいにベッドの反対側にそのミセス・ウィケット当人がいることに気がついた。笑顔を見せている。驚いた——あのご婦人はわたしの寝室でなにをしている？　つづいてメリヴェイル医師の影に隠れてはいるが、カートライトもいることがわかった。新任の校長だ（この男は一九一九年からブルックフィールド校の校長をつとめていたが、チップスはいまもなお〝新任〟と考えていた）。おまけに、みんなからロディと呼ばれている老バッフルズの顔もあった。みんな勢ぞろいとは、おかしなこともあったものだ。どのみち、そんなあれこれの理由に頭を悩ませる気はない。そう、これからまた眠るのだから。

　しかし、おとずれたのは眠りではなかった。かといって、完全に目が覚めていたのでもなかった。いまチップスは夢とうつつの間《あわい》にいた。ここにはたくさんの夢と顔と声があふれていた。昔の光景、昔の音楽の断片……昔キャサリンが演奏したモーツァルトの三重奏だ——喝采と笑い声と砲声——そのすべてにかぶさるように響くのはブルックフィールド校の鐘、ブルックフィールド校の鐘。「さて、ここにミスター貴族《パトリキ》との結婚を願うミス平民《プレブス》がいるとして……いいえ、できるのよ《キャニュー》、嘘《・ラ》つきさん《イア》……」冗談……〝ニクらしい肉《アブホーレンダム》〟。冗談……ああ、きみかい、マックス？　いいとも、はいりたまえ。祖国ドイツからどんな知らせが？……ああ《オー・》、ユピテル神がわたしに時間を返してくれたなら《ミヒ・プレテリトス・レフェーラト・スィ・ユピテル・アノス》！……ロールストンはわたしをだらしがなくて、効率のわるい教師呼ばわりしたが――わたしがいなくては、学校は立ちいかなかった……　〝オビリ・ヘレス・アゴー・フォルティブス・エズ・イン・アロー〟……訳せる者はいるかな？……いや、英語をラテン語風にいっただけの冗談さ……。

それから部屋のなかで、みんなが自分のことを話題にしている声もきこえてきた。カートライトがメリヴェイルに小声で話しかけていた。「かわいそうなお年寄りですね――ずっと独り身では、さぞや寂しい暮らしぶりだったことでしょう」

メリヴェイルは答えた。「いや、ずっと独り身だったわけではありませんぞ。結婚していたこともありましてな」

「本当に？　まったく知りませんでした」

「奥さんを早くに亡《な》くしてね。あれはいつごろだったか――もう丸三十年は前になるにちがいない。いえ、もっと昔かもしれません」

「お気の毒に。お気の毒といえば、お子さんもいなかったんですね」

これをきいてチップスは精いっぱい大きく目を見ひらき、彼らの注意を惹《ひ》こうとした。大きな声で話すのはきわめて難儀だったが、つぶやくような低い声なら出せた。客人たちがあたりを見まわし、チップスの枕《まくら》もとにあつまってきた。

チップスは苦労しながら、のろのろと言葉を押しだした。「いまさっき――わたしのことで――なにを――うぅむ――話していたのかな?」

老バッフルズが笑顔で答えた。「なんでもありませんよ、先生――なんでもないんです――ただ、あなたがその楽しげな眠りからいつお目覚めになるんだろうかって話してただけで」

「しかし――うぅむ――きこえたぞ――きみたちはたしかに、わたしの話をしていた――」

「ほんとになんの関係もない話なんですよ、チップスさん――嘘じゃない、誓っていいますがね――」

「話し声がきこえた気がしたよ——きみたちのだれかが——わたしを気の毒がっていただろう——うぅむ——わたしがついに子供に恵まれなかったのが気の毒だと……え？……しかし、子供ならいるんだよ……そう、子供たちがね……」

一同はなにも答えず、ただ顔に笑みをのぞかせていた。チップスはわずかな間をおいてから、いまにも消えそうな弱々しい笑い声をくすくすと洩《も》らしはじめた。

「そう——うぅむ——子供たちならいるとも」チップスはわななく声で楽しげにつづけた。「わたしには何千人もの子供たちが……何千人もの子供たちがいる……それもみんな男の子だ」

そしてチップスの耳の奥で、合唱隊が終幕《フィナーレ》の和声を歌いあげていた。耳にしたこともないほど荘厳で妙《たえ》なる響き、耳にしたことのないほど心なごむ歌声だった。

……ペティファー、ポレット、ポースン、ポッツ、プルマン、パーヴィス、ピム－ウィルスン、ラドレット、ラプスン、リード、リーパー、レディその一……さあ、みんな、ひとり残らずまわりに来ておくれ、最後の言葉と冗談をきいておくれ……ハーパー、ハズリット、ハットフィールド、ハザリー……最後の冗談だ……きこえたかね？……みんなに笑ってもらえたかな？……ボーン、ボストン、ボヴィ、ブラッドフォード、ブラッドリー、ブラモール－アンダースン……きみたちがいまどこにいようとも、きみたちの身になにがあったにしても、いまばかりはわたしと過ごしておくれ……この最後のひとときを……わたしの息子たち……。

ほどなくチップスは眠りについた。

あまりにも安らかなその寝顔は、おやすみなさいと声をかけるのも遠慮したくなるほどだった。しかし翌朝、学校の鐘が朝食を告げるころ、ブルックフィールド校に知らせがとどいた。

「ブルックフィールド校は、あの愛すべきお人柄を永遠に忘れないでしょう」

全校生徒を前にしたスピーチで、カートライト校長はいった。あらゆるものがいずれは忘れ去られていくことを思えば、この言葉は滑稽《こっけい》である。しかし、それでもなおリンフォード少年だけはいつまでも忘れずに、あのときの話を人にきかせるだろう。

「亡くなる前の晩、ぼくはあの人にいったんだ。チップス先生、さようなら……って」

解説

杉江松恋

これはダグラス・サザランド『英国紳士の子供』（一九七九年。秀文インターナショナル）の孫引きになるが、英国紳士の子弟が学ぶ私立校、いわゆるパブリック・スクールの名門校と胸を張れるのは九校しかないそうである。

その九校には絶対入らないが、「いっぱしの紳士を気どった者が〝そういえば、どこかで耳にした覚えがある学校だ〟と打ち明けるたぐいの学校」ブルックフィールド校が物語の舞台となる。一八七〇年、そこに「それなりに一目置かれはするが、決して傑出した逸材ではな」い教師が転任してくる。それから数十年、凡庸な学校に勤務する凡庸な教師は、決して自分の立場に腐ることなく、ただ実直に職分を果たし続け、何千人という生徒の教育に当たった。その胸に勲章が飾られることはなく、輝かしい名声とも一切無縁であった。しかし卒業生たちは彼の名を決して忘れず、それどころか彼こそがブルックフィールド校そのものであると見なすようにさえなっていった。

『チップス先生、さようなら』は、そんな一人の教師の生涯を描いた小説である。かつて新潮文庫には菊池重三郎訳で収録されていたが、今回白石朗訳で新しく甦《よみがえ》ることになった。穏やかな性格の主人公は口調も独特で、随時「うぅむ」という唸《うな》り声が挟まる（旧訳では「あーム」）。その会話のリズムも含め、現代版として見事に名著が甦った。ぜひともこの機会に読んでもらいたい、学園小説の古典的名作だ。

本作の発表は一九三三年。作者のジェイムズ・ヒルトンは、わずか四日間でこの小説を書いた。雑誌ブリティッシュ・ウィークリーからクリスマス号の付録に、と依頼を受けてから〆切《しめきり》までには二週間しかなく、ヒルトンは初めのうち苦戦したという。ある夜のこと、彼は一語も書けずに床に入ったが目が冴《さ》えるばかりで寝付かれない。思い切って家を飛び出し、冷たい霧のかかった早朝の空気の中を自転車で走り回っているうちに霊感が降りてきて、あとは一気呵成《いっきかせい》に書き上げることができた、という伝説が残っている。後述するが、この作品は初めにアメリカで評価されてヒルトン・ブームを引き起こし、その人気が本国に逆上陸する形でイギリスでも本が刊行された。

ヒルトンは本作の直前にもロシア革命に巻き込まれた男女の決死の冒険行を描く『鎧《よろい》なき騎士』（一九三三年。創元推理文庫他）、秘境冒険小説の古典的傑作『失われた地平線』（同。河出文庫他）などの後世に残る作品を発表している。後者は理想郷の代名詞になった〈シャングリ・ラ〉という架空の地名を世に送り出した作品であり、発表の翌年には四十一歳以下の作家に贈られる文学賞ホーソーンデン賞も受賞した。ただしヒルトン自身は本作以前の作家生活を不遇なものだと感じていたようであり、『チップス先生、さようなら』は間違いなく彼の人生を変えたのだった。

本作は、すでに玄冬というべき晩年期を迎えた主人公の回想形式で進められていく。作中の時間は前から後ろに一応流れていくのだが、ときどき思いついたように時間が飛ぶこともあり、物語としての意外性はそこから生まれている。回想形式の利点が十分に発揮された小説なのだ。ヒルトン作品には手記や回想形式で話が進んでいくものが多く、『鎧なき騎士』や『失われた地平線』がまずそうである。両作に関していえば、歴史上の事件を背景にした内容であるだけに、現実との接点を欲したのだろう。しかし『チップス先生、さようなら』に関していえば、虚実の距離を曖昧《あいまい》にするためというよりも、主人公の視点に近いところに読者を招き、彼の肩口から事態の推移を眺めるようにさせて、その心中が察せられるようにする狙《ねら》いがあったのだと思われる。この小説の主人公はもちろん自らの思いを語るが、決してそれは押し付けがましくない。重大な事件が起きた後で彼の発言が省略される場合も多く、むしろ第三者の風聞によって胸中を推測されることの多い主人公だ。

実は「チップス」は綽名《あだな》であって本名は「チッピング」である。題名の「チップス先生、さようなら」とは、綽名を知った女性が親愛の情をこめて呼びかけたものだった。その人こそ、チップスが生涯で愛したただ一人の女性キャサリンである。

ヒルトン作品の魅力の一つに、長い時の流れを要する男女の恋愛が描かれることがある。前出の『鎧なき騎士』はもちろんとして、後期の代表作である『心の旅路』（一九四一年。三笠《みかさ》書房他）、ヒルトンが映画界を体験したことによって書かれた『朝の旅路』（一九五一年。東京創元社）、最後の作品となった『めぐり来る時は再び』（一九五三年。新潮社）などはみな、長大なメロドラマである。特に『めぐり来る時は再び』は、自分とほぼ同年代の外交官の主人公が自らの越し方に思いを馳《は》せていく形式になっており、作者にとっての「白鳥の歌」とでもいうべき内容だ。また、翻訳のある中では異色作といえる『私たちは孤独ではない』（一九三七年。ハヤカワ文庫NV）は、男女の恋愛が引き起こした悲劇を描いた内容であり、心理サスペンスとして読むこともできる（拙著『路地裏の迷宮踏査』を参照のこと。東京創元社）。

ヒルトンはこうしたロマンスの要素を織り込むのが巧みな作家だった。メロドラマの名手だったのである。『チップス先生、さようなら』で描かれる主人公とキャサリンの恋愛模様は、内容としては脇筋《わきすじ》に近く、費やされるページ数もわずかである。ただし、この出来事がチップスに与えた影響は決して小さくないことが読めばわかる。二人の間に交わされた言葉は多くはないが、会話の中に膨大な思いが凝縮されているのだ。このキャサリンの思い出を語るパートが前半の山場となる。

さらに、チップスの回想が中年期を越えて老年期に入っていく後半部には、ヒルトンのもう一つの特徴が現われている。十九世紀最後の年である一九〇〇年に生まれ、二十世紀のほぼ中間である一九五四年に息を引き取ったヒルトンは、二つの世界大戦によって秩序が変容していくさまを当事者として目撃し続けた作家だった。特に第一次世界大戦は彼の心に深い爪痕《つめあと》を残したのである。その二十世紀作家としての特質を『チップス先生、さようなら』からは読み取ることができるのだ。

ヒルトンは『鎧なき騎士』で革命戦争によって翻弄《ほんろう》されるひとびとを描き、『失われた地平線』では、母国が帝国主義的覇権を失いつつあるために秩序の崩壊を招いている現状を、「不変のものへの帰依《きえ》」という隠喩《いんゆ》の手法で表現している。それに続く『チップス先生、さようなら』はもっと直截《ちょくせつ》的な作品だ。長年にわたって教鞭《きょうべん》を執ったチップスは、その必然の結果として、戦場から彼の教え子たちの訃報《ふほう》を受け取り続け、学《まな》び舎《や》が空襲によって脅《おびや》かされるさまを目の当《ま》たりにする。戦争によって社会は変転する。しかしチップスはそれに抗《あらが》い続けるのである。教師として正しくあり、生徒にもそれを伝えるというやり方で。どんな事態に接しても自らの姿勢を変えようとしないチップスの生き方は、静かだが熱く胸を打つものだ。太い幹を持ち、深く根を下ろした樹木は、涼を求めてその下に寄ってきた者たちを癒《いや》し、嵐《あらし》の夜には身を守ってくれる楯《たて》にもなる。まさにチップスこそが、その動かざる大樹なのだ。この作品が時代を超えて読者を魅了し続けるのは、その力強さのゆえでもある。

本作は過去に四回映像化されている。最初は戦前で、二回目は一九六九年である。監督のハーバート・ロスにとってのデビュー作であり、主演のピーター・オトゥールはゴールデングローブ賞の主演男優賞も獲得した。ただしこれは原作を大きく改変した内容であり、そもそもミュージカル映画なので、チップスも自分の感情を歌で表現するのである。小説版のファンにはちょっとばかり面食らう内容だ。第三回目は一九八四年、第四回目は二〇〇二年にそれぞれ製作されたTVドラマで、私は未見である。

やはり映像版で観るべきは、サム・ウッドが監督した一九三九年版、最初の映画化作品だろう。当時三十四歳のロバート・ドーナットがチップス役、これが映画初主演となったグリア・ガースンがキャサリン役を演じている（ドーナットにとっては、生涯最初で最後のアカデミー主演男優賞受賞作である）。原作では、二人の出会いはイギリス・湖水地方のグレートゲイブル山なのだが、この映画版ではチップスがドイツ語教師のマックス・シュテーフェルに誘われ、オーストリアでの徒歩旅行に出かけた際だということになっている。この改変は二つの場面で絶妙な効果を挙げた。

第一に、劇中音楽としてヨハン・シュトラウスの「美しき青きドナウ」が用いられることになったのである。キャサリンと再会の約束をせずに別れたチップスとマックスはドナウ川下りの遊覧船に乗る。チップスが「恋をする者にはドナウ川の茶色い水が青く見えるという伝承がある」と言い出したことでピンと来たマックスが「君には何色に見える」と訊ねると、チップスは「茶色に決まっているさ」とにべもない。ところが同じ船にキャサリンも偶然乗り合わせていた。彼女には川の水が青く見えていたのだ。この会話が伏線となり、チップスはウィーンでキャサリンに求婚することになる。背後で流れているのはもちろん、舞踏会で演奏中の「美しき青きドナウ」だ。

第二は、老境に入り、ブルックフィールド校の臨時校長にチップスが就任した後のエピソードである。校長の務めとしてチップスはブルックフィールド校出身者の訃報を読み上げるが、そのとき、帰郷してドイツ軍側に参戦していたマックス・シュテーフェルの名も一緒に口にして弔意を示す。この場面は原作にもあるが、残念ながら在校生たちは老教師の真意を汲《く》み取ることができない。しかし、誰に理解されずともそれはチップスにとって、過去を美しくさせていた旧秩序の理念を示すために重要な行為なのだった。サム・ウッド監督は、原作に含まれていた旧秩序回復への思いをよく理解し、個々のエピソードをさりげなくその方向で強化した。チップスとキャサリンの恋のキューピッド役をマックスにしたのもその一つで、そのことによって若き日のロマンスとチップスの老境とが線で結ばれた。そして、戦死者を悼《いた》むチップスの心中も（ブルックフィールドの生徒たちには伝わらなかったかもしれないが）観客にはより深く共有されることになったのである。

ヒルトンは、一九三五年に渡米し、一九三七年からは完全に生活の拠点を新大陸に移した。本書序文にもある通り、『チップス先生、さようなら』をアメリカのアトランティック・マンスリー誌に投稿したところ人気が爆発し、本国よりも先に単行本が刊行されることになった。さらにハリウッドでは、彼の作品の映画化企画が次々に通っていく。最初の映画化作品はフランク・キャプラが監督した一九三七年の「失われた地平線」であり、同年には続いてジャック・フェデー監督で「鎧なき騎士」が公開された。クレジットを見ればわかるとおり、ヒロインの伯爵《はくしゃく》夫人を演じたマレーネ・ディートリッヒのためにあるような映画である。妖艶《ようえん》なドレスから農婦の服装まで次々に着替え、入浴場面まで披露する彼女の美しさが鑑賞できる。彼女を救うために奮闘する英国人Ａ・Ｊ・フォザギルを演じたのが例のロバート・ドーナットだった。

結果として彼は、ヒルトンの映画化作品のうち最も優れた二作の主役を演じたことになる。

ヒルトンが渡米したのも、こうして自作がたびたび映画化されるようになったことと無縁ではない。彼はハリウッドの近くに居を構え、一九三九年の We Are Not Alone（『私たちは孤独ではない』の映画化）では自ら脚本も書いている（エドマンド・グールディング監督）。ヒルトンが脚本に携わった作品では他に、自作を原作とする So Well Remembered（一九四七年。エドワード・ドミトリク監督。原作は一九四五年）、ジャン・ストラッサー原作を映画化した「ミニヴァー夫人」（一九四二年。ウィリアム・ワイラー監督）などがある。後者はヒルトンがアーサー・ウィンペリス、ジョージ・フローシェル、クローディン・ウエストと共にアカデミー脚色賞を得た作品である。これは余談になるが、「ミニヴァー夫人」の主演は、「チップス先生、さようなら」でキャサリンを演じたグリア・ガースンであり、本作でアカデミー主演女優賞を得ている。さらに同年には、ヒルトン原作の「心の旅路」（マーヴィン・ルロイ監督）にも主演しているのである。

ヒルトンはこうして後半生を映画界にも向き合った形で忙しく送り、一九五四年十二月二十日にカリフォルニアのロング・ビーチで肝臓がんのために亡くなった。その墓地はヴァージニア州アビンドンのノールクレッグ記念公園にある。墓碑には主たる作品名と共に「シャングリ・ラを造語した」と紹介されている他、『失われた地平線』の文章が引用されている。「すべてを中庸に留め、徳行さえもやり過ぎることがなかった "All things in moderation, even the excess of virtue itself"」「どんな有為転変を経ても学生時代の穏やかな気分のまま心を保ち続けた "He kept at heart and throughout all vicissitudes the tranquil tastes of a scholar"」。この碑文はそのままチップス先生にも差し上げたい。

（二〇一五年十二月、文芸評論家）

T・ウィリアムズ
小田島雄志訳

欲望という名の電車

ニューオーリアンズの妹夫婦に身を寄せたブランチ。美を求めて現実の前に敗北する女を、粗野で逞しい妹夫婦と対比させて描く名作。

T・ウィリアムズ
小田島雄志訳

ガラスの動物園

不況下のセント・ルイスに暮す家族のあいだに展開される、抒情に満ちた追憶の劇。斬新な手法によって、非常な好評を博した出世作。

オールコット
松本恵子訳

若草物語

温和で信心深い長女メグ、活発な次女ジョー、心のやさしい三女ベスに無邪気な四女エミイ。牧師一家の四人娘の成長を爽やかに描く名作。

大久保康雄訳

O・ヘンリ短編集（一〜三）

絶妙なプロットと意外な結末、そして庶民の哀歓とユーモアの中から描き出される温かい人間の心——短編の名手による珠玉の作品集。

J・オースティン
小山太一訳

自負と偏見

恋心か打算か。幸福な結婚とは何か。十八世紀イギリスを舞台に、永遠のテーマを突き詰めた、息をのむほど愉快な名作、待望の新訳。

G・グリーン
上岡伸雄訳

情事の終り

「私」は妬心を秘め、別れた人妻サラを探偵に監視させる。自らを翻弄した女の謎に近づくため——。究極の愛と神の存在を問う傑作。

カフカ
高橋義孝訳
変身

朝、目をさますと巨大な毒虫に変っている自分を発見した男——第一次大戦後のドイツの精神的危機、新しきものの待望を託した傑作。

カフカ
前田敬作訳
城

測量技師Kが赴いた〝城〟は、厖大かつ神秘的な官僚機構に包まれ、外来者に対して決して門を開かない……絶望と孤独の作家の大作。

カフカ
頭木弘樹編訳
絶望名人 カフカの人生論

ネガティブな言葉ばかりですが、思わず笑ってしまったり、逆に勇気付けられたり。今までにはない巨人カフカの元気がでる名言集。

P・ギャリコ
古沢安二郎訳
ジェニィ

まっ白な猫に変身したピーター少年は、やさしい雌猫ジェニィとめぐり会った……二匹の猫が肩寄せ合って恋と冒険の旅に出発する。

P・ギャリコ
矢川澄子訳
スノーグース

孤独な男と少女のひそやかな心の交流を描いた表題作等、著者の暖かな眼差しが伝わる珠玉の三篇。大人のための永遠のファンタジー。

P・ギャリコ
矢川澄子訳
雪のひとひら

愛の喜びを覚え、孤独を知り、やがて生の意味を悟るまで——。一人の女性の生涯を、雪の結晶の姿に託して描く美しいファンタジー。

カミュ
窪田啓作訳

異邦人

太陽が眩しくてアラビア人を殺し、死刑判決を受けたのちも自分は幸福であると確信する主人公ムルソー。不条理をテーマにした名作。

カミュ
清水徹訳

シーシュポスの神話

ギリシアの神話に寓して〝不条理〟の理論を展開、追究した哲学的エッセイで、カミュの世界を支えている根本思想が展開されている。

カミュ
宮崎嶺雄訳

ペスト

ペストに襲われ孤立した町の中で悪疫と戦う市民たちの姿を描いて、あらゆる人生の悪に立ち向うための連帯感の確立を追う代表作。

カミュ
高畠正明訳

幸福な死

平凡な青年メルソーは、富裕な身体障害者の〝時間は金で購われる〟という主張に従い、彼を殺し金を奪う。『異邦人』誕生の秘密を解く作品。

カミュ・サルトル他
佐藤朔訳

革命か反抗か

人間はいかにして「歴史を生きる」ことができるか——鋭く対立するサルトルとカミュの間にたたかわされた、存在の根本に迫る論争。

カミュ
大久保敏彦
窪田啓作訳

転落・追放と王国

暗いオランダの風土を舞台に、過去という楽園から現在の孤独地獄に転落したクラマンスの懊悩を捉えた「転落」と「追放と王国」を併録。

遠い声 遠い部屋

カポーティ
河野一郎訳

傷つきやすい豊かな感受性をもった少年が、自我を見い出すまでの精神的成長の途上でたどる、さまざまな心の葛藤を描いた処女長編。

草の竪琴

カポーティ
大澤薫訳

幼な児のような老嬢ドリーの家出をめぐる、ファンタスティックでユーモラスな事件の渦中で成長してゆく少年コリンの内面を描く。

夜の樹

カポーティ
川本三郎訳

旅行中に不気味な夫婦と出会った女子大生。人間の孤独や不安を鮮かに捉えた表題作など、お洒落で哀しいショート・ストーリー9編。

冷血

カポーティ
佐々田雅子訳

カンザスの片田舎で起きた一家四人惨殺事件。事件発生から犯人の処刑までを綿密に再現した衝撃のノンフィクション・ノヴェル！

叶えられた祈り

カポーティ
川本三郎訳

ハイソサエティの退廃的な生活にあこがれるニヒルな青年。セレブたちが激怒し、自ら最高傑作と称しながらも未完に終わった遺作。

ティファニーで朝食を

カポーティ
村上春樹訳

気まぐれで可憐なヒロイン、ホリーが再び世界を魅了する。カポーティ永遠の名作がみずみずしい新訳を得て新世紀に踏み出す。

Title: GOOD-BYE, MR. CHIPS
Author: James Hilton

チップス先《せん》生《せい》、さようなら

新潮文庫　ヒ－1－1

*Published 2016 in Japan
by Shinchosha Company*

平成二十八年二月一日発行

訳者　白《しら》石《いし》朗《ろう》
発行者　佐藤隆信
発行所　株式会社 新潮社

郵便番号　一六二—八七一一
東京都新宿区矢来町七一
電話 編集部(〇三)三二六六—五四四〇
読者係(〇三)三二六六—五一一一
http://www.shinchosha.co.jp

価格はカバーに表示してあります。

乱丁・落丁本は、ご面倒ですが小社読者係宛ご送付ください。送料小社負担にてお取替えいたします。

印刷・錦明印刷株式会社　製本・錦明印刷株式会社

ISBN978-4-10-206203-6 C0197